Descansa Cuando te Mueras

Copyright © 2010 by Manuel Ballagas

All rights reserved. Except as permitted by the U.S. Copyright Act of 1976, no part of this book may be reproduced, distributed or transmitted in any form and by any means, or stored in a database or retrieval system, without the prior written permission of the author.

Cover photograph by the author

This book is a work of fiction. Names, characters, places and incidents are either a product of the author's imagination or are used fictitiously. Any resemblance to actual people living or dead, events or locales is entirely coincidental.

ISBN: 978-0-557-35244-9

Printed in the United States of America

Author contact: ballagasmanny52@aol.com

A Juanita, mi esposa, por su amor y su paciencia

Descansa Cuando te Mueras

Manuel Ballagas

"¿Conoces el sordo gris de esta piedra:
Jamás?"
E. B.

"El recuerdo es una forma de olvido".
Milan Kundera

1

Lo conocí en la cárcel; después, lo perdí de vista. Nunca creí que volvería a encontrarme con él, mucho menos aquí. Pero la gente de presidio son como los malos recuerdos; jamás se desvanecen completamente y cuando uno menos lo espera afloran en la vida o la memoria como un tumor maligno. Llegan en bote, en avión, en sueños. ¿Qué se va a hacer?

Me tropecé con Matancita en el mostrador de La Ciguaraya, un cafetín que había en la Primera y la Siete. Casi me atraganto cuando lo vi. Estaba igualito: consumido, raquítico, sin dientes. "¡Nadie quiere a nadie!", gritó al verme. Era su letanía, su consigna. La tenía tatuada en el pecho, en letras góticas azules y rojas, de un extremo a otro de sus pectorales. En la cárcel la repetía a toda hora. De alguien lo aprendió seguramente.

Nos abrazamos y hablamos un rato, le di mi teléfono. Quedamos en vernos pronto, pero esta ciudad es muy grande y nadie cumple esa promesa. Uno se enreda, hace compromisos, nuevas amistades, en fin, el tiempo no alcanza y hay que trabajar para pagar los biles. Además, yo no quería verlo.

Entonces, un día Matancita me llama para decirme que se había mudado a un bungaló cerca de la Ocho, a cinco o seis cuadras de donde yo vivía. No jodas, le digo. Era una de esas casas viejas, de madera, que todavía quedaban en La Sagüesera. Hornos en verano, frías con cojones en invierno. Vivía arrimado con una centroamericana de treintipico de años. Estuvo vendiendo naranjas; ahora trabajaba por la noche, de *security*. Era su día franco. Me alegré por él.

-Ven a tomarte un sispá y así conoce a la jeba —me dijo.

Primero le dije que no, puse un par de pretextos bobos, pero al fin accedí. Yo había empezado a vender cable y aquel era mi territorio. La gente no compraba. No tenía mucho que hacer.

-Entra, político —me dijo cuando abrió la puerta. Estaba en chancletas, sin camisa, y tenía puesta una gorra de pelotero. El tatuaje estaba un poco desvanecido, pero no se le había borrado completamente, ni de la piel ni de la memoria.

Hablamos de carros y de la vida. El se había comprado un Dodge del 70 en bastante buen estado. Arrancaba siempre y el aire acondicionado le funcionaba como un cañón. Yo tenía un Cadillac 74 convertible. Era espacioso, veloz, elegante. Los dos eran automóviles enormes que consumían más gasolina que una central termoeléctrica, pero eso ni nos pasaba por la mente. Ninguno de los dos había tenido carro antes.

La conversación derivó, no sé cómo, hacia su mujer. Matancita me aseguró que era buena, trabajadora y tenía tremendo cuerpo.

-Deja que tú la veas —me dijo- Te va a dar un jaratá.

No le hice mucho caso. Matancita era dado a exagerar. Tampoco teníamos los mismos gustos. Ni en carros ni en mujeres.

-Es un cacho de hembra —sentenció.

-¿De qué trabaja? —le pregunté.

-En un bar.

-Ah...

-Yo sé lo que tú estás pensando —me dijo enseguida.

Iba a decirle que yo nunca pienso nada, no soy un pensador, pero no me dejó.

-No me hace mucha gracia —dijo- Además de servir las mesas, tiene que alternar con los clientes. Nada malo, tú sabes. Oírles las descargas, vestirse bonito, conversar con ellos, tumbarles tragos... Se busca buen dinero.

-¿No es peligroso? —pregunté.

-A veces —contestó- Algunos hombres no tienen control.

-Es verdad —repuse.

-Les falta fundamento —dijo él.

La conversación cayó en un bache y estuvimos así un rato, callados y cabeceando, hasta que Matancita se volvió hacia el fondo de la casa y gritó: ¡Mélani! Saca la fría del refrigerador, plis.

Pensé que iba a aparecer, al fin, la india estatuaria de que habíamos estado hablando, pero la que entró al rato fue una chiquilla somnolienta, cargando a duras penas una bandeja de Jáineke congeladas. La puso sobre una mesita, al alcance de los dos.

Mélani era altísima, flaca, de piernas muy largas, pero no debía tener más de doce años. Trece, ahora que lo pienso bien. No era, en todo caso, una edad para andar todavía en pantaloncitos y con los pechos al aire. Me quedé frío. Traté de no mirarla.

-¿Qué te parece la hija postiza que me busqué? —preguntó Matancita.

La niña dio un brinco y se sentó en sus piernas. Enseguida, se metió un pulgar en la boca y empezó a chupárselo como una recién nacida. Matancita me pasó una botella. Me guiñó un ojo y se echó un buche largo, mirando a la niña de soslayo.

Destapé la Jáineke con la mano y me espanté la botella enseguida. Él me pasó otra.

-Está hecha una mujer —dijo, dándole una palmadita en las corvas.

Mélani bajó los ojos y se metió el dedo casi hasta la garganta. Creí que se lo iba a tragar. Jugaba con un mechoncito de su pelo y se acariciaba la punta de la nariz. A veces le daba un desespero increíble. ¡El dedo le entraba y le salía de la boca como un pistón!

-Es muy guajira —dijo Matancita. Luego la increpó: Saluda al hombre, coño. Es amigo mío.

Mélani me miró de lado y sonrió desganadamente. Tenía los labios irritados de tanto chuparse el dedo, muy rojos. Bajó los ojos y siguió mamando. A pesar de que traté de no fijarme, noté que tenía unos pezones bastante pronunciados y oscuros. Parecían gomitas de lapicero. Coño, Manny, es una niña, pensé, apartando los ojos de los capullitos insolentes.

Era enorme también. No cabía en los brazos de su padrastro. Tenía el pelo muy lacio y negro, cortado bajito, casi como un macho. Matancita acabó su cerveza, tomó otra y me pasó una más a mí. Hizo ademán de hacerle cosquillas y la niña se retorció como una anguila en su regazo.

-A ver, dame un besito de novio —le pidió él, de pronto, cuando se sosegó.

-¡No! —chilló ella.

Discutieron un rato. El que sí y ella que no. Al fin, Mélani consintió y se dieron un beso cerrado y corto en los labios. Después, pasó algo. La niña perdió el equilibrio, Matancita la aferró por la cintura. Mélani estalló en carcajadas, se puso histérica. El trataba de controlarla, abrazándola, pero la niña no se dejaba. Las manos resbalaban, Matancita le besaba el cuello y las orejas, ella chillaba, daba paraditas...

-Matancita, brode, voy echando —dije. Fui a levantarme, pero no me dejó.

-Tómate otra cerveza —me dijo.

-Ya me tomé un montón.

-No importa, hay más.

-Tengo que manejar.

-Ah, deja eso, político. ¡Nadie quiere a nadie!

Acepté de mala gana. Abrí otra cerveza y me la eché. Matancita se dio un par de buches.

-Esta niña va a ser tremenda artista. Da clases de balé –declaró.

Mélani se le escapó y empezó a hacer piruetas en medio de la sala. Alzaba una pierna, ponía los brazos en un arco, daba brinquitos en las puntas de los pies, hacía reverencias. Las teticas le saltaban como masas de gelatina. Matancita aplaudía. "¡LLEVA! ¡ECHA!", gritaba. En eso, se abrió la puerta.

-¡Mélani! ¿Qué hacés, indecente? ¿Qué espectáculo es éste? –tronó la mujer, llevándose las manos al talle.

La verdad es que la india no estaba del todo mal. Alta, con buenas curvas, tiposa. El pelo le daba casi por las nalgas; tremendas nalgas, por cierto. Los ojos le echaban chispas. Eran grandes, muy negros. Tenía los párpados pintados de un azul oscuro y las cejas bien delineadas, como si acabara de maquillarse.

-¿Cuántas veces he dicho que no te quiero ver así delante de las visitas? –gritó. Luego, se volvió hacia mí y me pidió excusas en voz baja: Disculpe, caballero. La niña está imposible. Ernesto la consiente demasiado. No sé qué voy a hacer.

Matancita alzó la vista y abrió otra cerveza, como si con él no fuera. Mélani nos miraba a todos, mamándose el dedo ahora con absoluto desespero.

-¡Andá, pues! ¡Vístete, sucia! —le ordenó la mujer.

La niña se empinó y se sacó el dedo de la boca. Estaba envalentonada, todos nos dimos cuenta. Por un momento, creí que le iba a ir encima a su madre. Me preparé para intervenir.

-*What's the matter, mom? Are you jealous or something?* —le preguntó entonces con sarcasmo.

Aquí los hijos siempre desafían a sus padres en inglés, me he dado cuenta de eso.

-¡INGRATA! ¿QUÉ TE CREÉS? —rugió la señora- ¡A mí no me hablás así! Luego alzó la mano y le cruzó la cara de un bofetón. Mélani fue a parar a un rincón. Casi la incrusta en la pared. Cayó de culo, con las piernecitas separadas. Creí que no se iba a reponer, pero se puso de pie casi enseguida, hecha una fiercilla.

-*I hate you! I hate you, you disgusting bitch! I hope you die!* —chilló.

Dos lagrimones brotaron de sus ojos rabiosos, centelleantes, y después se perdió corriendo en el fondo de la casa. Yo me puse de pie.

-Señora, perdón, ahora sí me tengo que ir —murmuré.

A pesar del escándalo, Matancita se había quedado dormido en la butaca, con la Jáineke a medio terminar hundida entre las piernas. La gorra le tapaba la cara. Roncaba que daba gusto. Se despertó un momentico, levantó la gorra, nos miró con ojos extraviados, y murmuró: "Nadie quiere a nadie", y enseguida volvió a dormirse. La mujer agitó la cabeza.

-Permítame acompañarlo, por favor —me dijo- No sabe la vergüenza que me da.

La seguí, cabizbajo, hasta el jardincito de la casa. No sabía qué decirle. Atardecía y hacía un calor del coño de su madre. Una mezcla de temperatura y humedad que calaba hasta los huesos y drenaba todos los líquidos, aun a la sombra. Fue entonces que me fijé en ella, quiero decir, en detalle, quizás porque se abrió un poco la blusa para refrescar y me picó la curiosidad.

Tenía unas tetas enormes. Como almohadones. Llevaba puestos una minifalda apretada a medio muslo y unos zapatos de tacones altísimos, que debían provocarle vértigos. Se le marcaban los blumes, no mucho, pero se le marcaban. Creo que le entró vergüenza, porque de pronto se cubrió el escote y sus ojos esquivaron mi mirada con un asomo de coquetería.

-Mi hija ahorita está en una edad muy difícil —dijo al fin.

-No se preocupe —repuse- No es más que una niña.

-Con todo —insistió ella- Es casi una señorita, pues. Ya la vio. No debe exhibirse así. No es correcto, pues. ¡Usted es un HOMBRE..!

Me inquietó la forma en que pronunció esa palabra, hombre, con tan misterioso énfasis. No sé, por alguna razón parecía justificarlo todo, incluso los impulsos más bestiales, los actos más atroces, los deseos más turbios.

-A esa edad no se dan cuenta —siguió diciendo, con una sonrisa medio pícara- Provocan sin saber... Incitan... Tisean mucho... Yo era así también...

-¿Ah, sí?

-No tanto, claro —se apuró a decir- Mis padres me dieron muy buen ejemplo. Eramos de buena posición. ¿No vio cómo se chupa el dedito? ¡Qué babosa!

-Ya se le pasará.

-Ojalá —murmuró- Porque hay tantos hombres malos. Los veo todos los días. Usted los conoce mejor que yo. No se pueden controlar. ¡Son como animales salvajes, pues!

-Es verdad.

-¿Usted tiene hijos? —me preguntó.

-Yo no —contesté.

Ella guardó silencio un momento. Después, me dijo: Su amigo habla mucho de vos, le quiere mucho...

Tuve que echarme a reír.

-Nadie quiere a nadie —le dije al fin.

-Eso no es verdad, no sé de dónde lo sacó. Ernesto lo repite siempre. ¿Por qué?

Me encogí de hombros.

-Es un dicharacho de presidio —respondí.

-Qué horror —dijo ella- ¿Usted estuvo en la cárcel también?

-Allá cualquiera cae preso —le dije.

-Eso he oído —dijo ella. Luego se alisó la falda y se cerró el escote con cierto aire de finalidad.

-Bueno, pues... —dijo, tendiéndome una mano.

Yo fui a hacer lo mismo, pero algo raro me pasó. Ha de haber sido el efecto de la bebida o la forma en que aquella mujer pronunciaba la palabra hombre a cada rato. El hecho es que perdí los estribos. La tomé por el brazo y la atraje bruscamente hacia mí. Olía a algo, a talco, a colonia barata, que movía al desenfreno. Se resistió primero débilmente, hay que decirlo, pero después se rindió al beso poco a poco, dejándose apretar, babosear, morder. Le levanté la falda, ella me masajeó los cojones. Nos restregamos así un rato, pero cuando más entusiasmado estaba, se separó de mí.

-¡No, por favor! ¡Ya basta! ¡No más! —gimió de pronto, apartándome de un empujón. Iba a disculparme, pero no me dio tiempo.

-Lo siento, no puede ser... —murmuró, pasándose el dorso de la mano por los labios- Su amigo es mi novio, por Dios... ¿Qué va a pensar usted de mí?

-Es mi culpa, perdí la cabeza —dije.

-No —me dijo ella, bajando los ojos- La culpa es mía.

-¿Por qué? —pregunté- Fui yo quien le faltó el respeto, señora.

Ella no estaba tan convencida.

-Algo hice seguramente... Mirá cómo estoy vestida, mirá... Parezco una mujerzuela, una cualquiera, pues —dijo haciendo un gesto que a mí se me antojó un poco exhibicionista.

-Señora, eso no es razón... —empecé, pero no pude terminar.

-¡Usted es HOMBRE! —exclamó.

Otra vez la palabrita, pensé. ¿Para qué tenía que repetirla constantemente? ¿Quería volverme loco? ¿Mortificarme la portañuela? Estaba hasta los cojones de tanto bulchiteo, de tanta filosofía barata, de tanto eufemismo y prosopopeya. "¡Usted es HOMBRE, usted es HOMBRE!". Ya no aguantaba una más.

-Mire, señora —le dije entonces a rajatabla- Usted lo que tiene que hacer es dejarse de putería.

La india se quedó estupefacta.

-¡¿Cómo?!

Empezó a respirar como una asmática, los labios le temblaban, creí que iba a vomitar.

-Y su hijita también —seguí, de todas maneras- Todo lo que sabe lo aprendió de usted, y si sigue así, le van a partir el culo antes de tiempo, ¿me oyó?

-¡Miserable! ¡Canalla! —rugió ella, salpicándome de saliva. Miraba para la casa, miraba para mí. Los ojos le echaban candela. Alzó después los puños en el aire, como si fuera a pegarme. Yo me preparé a esquivarla; no sé boxear, pero me defiendo.

-¡Ernesto! ¡Ernesto! —gritó ella entonces. Se abalanzó sobre mí, pero no llegó a alcanzarme. Algo pasó. Los ojos se le pusieron de pronto en blanco y cayó redonda en el suelo, presa de unos raros espasmos. Coño, me dije.

La india echaba espuma por la boca, se arqueaba y daba tumbos sobre la yerba. Creí que se iba a descoyuntar, o peor, a morirse. Algo definitivo y alarmante, en todo caso. Hubiera querido agacharme, ayudarla; sujetarle la lengua para que no se la tragara, pero no me atreví. Le tengo tremendo respeto a los epilépticos, no sé por qué.

Miré hacia todas partes, pero no había un alma por todo aquello. Sólo el resplandor lejano de los televisores en algunas ventanas. Risas apagadas. Un motor que se encendía y ruedas que arañaban el pavimento a mucha distancia. Así es La Sagüesera de noche: un desierto de linóleo gastado, un aposento apestoso y vacío.

La india seguía retorciéndose en el suelo, como un pollo desnucado. Me empezó a dar lástima, pero el daño ya estaba hecho. ¿Para qué echarme aquel muerto encima? Le di la espalda y eché andar. Prendí un Marlboro, sabiendo que no me iba a dar tiempo de terminarlo. Tenía el carro parqueado a sólo media cuadra de allí. Un Cadillac 74 espacioso, veloz, elegante.

Alguien debería llamar al resquiu, pensé.

2

Yo nunca veo nada. Cosas sobrenaturales, quiero decir. Para todo lo demás tengo una visión de veinte-veinte. Siempre he admirado a los que tienen el don de la profecía, la capacidad de ver lo invisible, pero no los envidio. Hay cosas de las cuales es mejor no saber.

Hace algún tiempo me eché una noviecita esotérica. Creía en sueños, presagios, premoniciones, la reencarnación, todo eso. Veía muertos. La noche que nos conocimos, en un *happy hour* cerca del aeropuerto, me dijo enseguida: Tú te vas a enamorar de mí. Y así fue, me enamoré de Marisela como un perro.

Por supuesto, no había que ser un clarividente para adivinar el rumbo de mis sentimientos. La soledad me perseguía entonces como una sombra y no hallaba la hora de encontrar a alguien que animara mi lecho y mi corazón. Era cuestión de tiempo.

Estuvimos saliendo un par de meses. Me gustaba con cojones. No era alta ni bonita de cara, una mulata bastante corriente, pero tenía un cuerpo contundente, lleno de curvas. El pelo, salpicado de rayitos, le daba por la cintura, y cuando se ponía en cuatro patas en la cama me gustaba agarrárselo como una brida para mortificarla. Trabajaba en una oficina de seguros, allá por Westchester, y de noche la pasaba a recoger para llevarla al cine, a la discoteca, a la playa. Singábamos a toda hora, en cualquier parte. Tenía una boquita tibia y resbalosa. Cuando se venía, había que sujetarla para que no se cayera de la cama.

Al cabo de un tiempo, le empecé a coger cariño. No sé, Marisela también era dulce y comprensiva. Decía que en otra vida había sido una esclava egipcia y por eso era tan sumisa con los machos. Me regalaba pañuelos, frascos de colonia, amuletos. Por lo demás, era un ave de mal agüero.

Un día me dijo: Anoche soñé que te mudabas conmigo. Te vi en la puerta con una maleta en la mano. Estabas triste. Yo me eché a reír, creyendo que era un truco para sonsacarme una promesa de matrimonio, pero a la semana siguiente se me quemó el apartamento y tuve que mudarme con ella, a un *townhouse* bastante amplio que tenía por Fontablú, sin más pertenencias que los pocos calzoncillos y pantalones que logré salvar del incendio.

Yo seguía vendiendo cable. Mi territorio era La Sagüesera, una zona pobre y a veces francamente hostil. Marisela insistía en que si ponía empeño, podía hacerme rico con las comisiones. Ojalá tu boca sea santa, le dije, pero la profecía era buena, así que nunca se materializó. La gente de aquel barrio era ignorante y desconfiada; no quería pagar por nada, mucho menos por la televisión. Se negaban a abrir la puerta y cuando lo hacían, a veces jalaban por un machete.

Una tarde que volví frustrado a casa, Marisela me miró con cara de preocupación. Solté los zapatos y saqué una Jáineke del refrigerador. Me tiré en el sofá. La cara no se le quitaba. Prendí el televisor. Cuando al fin le pregunté qué le pasaba, me contestó: Anda con cuidado, Manny, vas a tener un problema con la justicia.

Tres días después estaba en la cárcel. De la noche a la mañana, me convertí en el principal sospechoso de un doble homicidio. Por más que proclamé mi inocencia, la policía me puso las esposas y me advirtió que guardara silencio. Eso hice. No tenía alternativa. Habían encontrado dos muertos en un apartamento del Sagüé, con un tiro en la nuca cada uno, y mis huellas estaban por todas partes. Los periódicos me llamaban el Asesino del Cable. Al fin, al cabo de un mes, se dieron cuenta de que yo era un comemierda y me dejaron ir. Pero ya el daño estaba hecho. Me había quedado sin trabajo y estaba hecho un guiñapo, igualito que cuando llegué.

El día que me soltaron, Marisela me estaba esperando en la escalera de Cielito Lindo, vestida toda de blanco.

-Cojones —le dije- Tú nada más que llamas foquin desgracias.

-Es por tu bien, papi, para que te cuides.

-Entonces, ¿por qué no sueñas algo bueno, coño? —grité, haciendo aspavientos en medio de la calle. La gente me miraba como a un loco- ¡Sueña que nos ganamos la Lotto, que te encontraste un millón de pesos, cualquier cosa! Ella bajó la cabeza.

-¿Qué culpa tengo yo de lo que sueño? —se lamentó, mientras buscaba la llave del carro en su cartera.

Hacía un calor del coño de su madre. Yo no veía la hora de volver al aire acondicionado. Me metí en el automóvil y me ajusté con furia el cinturón de seguridad.

-Mira —le dije- Mejor no sueñes. No digas nada. No quiero saber el futuro. No quiero saber lo que fui ni lo que seré. Me gusta la sorpresa, lo imprevisto. La vida es así: que sea lo que Dios quiera.

Ella se puso muy seria. Nunca la había visto de esa manera. Arrancó el carro y se miró en el espejito. Antes de pisar el acelerador, me dijo, con los ojos aguados:

-Más nunca te voy a decir nada, Manny. Más nunca. ¡Te lo juro por mi madre, por todos mis muertos!

La vida volvió más o menos a la normalidad. Marisela no soñaba; yo tampoco. Pasaba el día entre las cuatro paredes del *townhouse,* destapando Jáinekes y viendo los programas aburridos que pasan al mediodía. Chismes, concursos mexicanos, Cristina Saralegui. Cada vez que se me ocurría salir, alguien me identificaba. ¡El Asesino del Cable, el Asesino del Cable!

Un día Marisela viene del trabajo, me da un paquete envuelto en papel de regalo y me dice: Mira lo que te compré. Era una camarita, no de las más caras, pero así y todo sabrosa. Apretaba un botón y el lente salía disparado para alante; lo volvía a apretar y se encogía como una pinga muerta. Tenía un flache especial para matar las sombras, las arrugas y otros defectos físicos. Puedes retratar fiestas, me dice. No es mala idea, pensé. Puse un anuncio en *El Clarín* y me empezaron a llamar.

Parecía el comienzo de una existencia más sosegada, próspera y felizmente impredecible. No ganaba mucho, pero me distraía. De vez en cuando, Marisela se tropezaba con su padre en la cocina.

Hacía como veinte años que se había muerto de un jaratá y el apetito no se le quitaba todavía.

Los trabajos más divertidos eran las despedidas de solteras. Las mujeres perdían los estribos, los complejos, y se desentendían de mí. Libradas a sus antojos, se desbocaban. Inflaban condones, jugaban con vibradores, se quitaban los blúmers y gritaban palabrotas. La novia trataba de portarse bien, pero no la dejaban. La emborrachaban y la ponían a bailar sobre una mesa. Con el pretexto de instruirla, la obligaban a chupar un consolador mientras las invitadas bramaban pidiendo más, más. Era un foquin relajo.

-¿Soguá? —me dijo Marisela, una vez que le hice el cuento- Los hombres son peores. Déjalas que se diviertan, por Dios.

Era verdad. Al cabo de un tiempo, y después de muchos paris, creo que me acostumbré. Eso sí, gastaba mucha gasolina. Me pasaba el día manejando, de Hialeah para La Sagüesera, de La Sagüesera para Westchester, y de allí hasta el fondo de Kéndal, luego para el dauntaun.

Una tardecita estoy haciendo una izquierda difícil en Leyún y Flague a la hora del roche cuando de pronto siento un trastazo. Era un camionzón, uno de esos que cargan refrescos y botellones de agua. No lo vi venir. La puerta se me abrió. Si no es por el cinturón, salgo rodando por el pavimento. Fui a parar al hospital con un par de huesos rotos. Fatalidad.

Marisela me fue a buscar al Jackson por la noche. La sala de emergencias estaba repleta: quemados, asmáticos, acuchillados, embarazadas. Como no tenía seguro, me dejaron para último. A las diez de la noche, todavía estaba en una silla de ruedas. Alguien daba alaridos desde un rincón; parecía que estaban operándolo sin anestesia.

-¡Yo sabía! —exclamó Marisela al verme con un brazo enyesado.

Iba a advertirle que no estaba para regaños, pero ella no se dio por enterada.

-¡Ah no, nogüey! —gritó- De ahora en adelante te lo voy a decir todo, aunque me tapes la boca. Si no me haces caso, allá tú. ¡Mira cómo estás! *Poor baby!*

¿Qué se iba a hacer?

Después de aquello, los sueños y visiones se multiplicaron. Resbalones, altercados, robos, enfermedades, conflictos. Le venían dormida o a plena luz del día. Marisela me lo contaba todo después, con pelos y señales. Era como una catarata postergada de malos pronósticos, y lo que es peor, todos se cumplían inexorablemente. Por más que trataba de cuidarme, siempre acababa en el médico o en la estación de policía. Al cabo de unos meses me puse paranoico; a veces tenía tanto miedo a salir de la casa, que me quedaba en cama todo el día, paralizado.

Marisela achacaba mi visible estado de postración a toda clase de influjos metafísicos. Cuando no era víctima de algún hechizo africano, era rehén de conjunciones astrales adversas, o de los rezagos de una vida anterior disipada y pecaminosa. No le pasaba por la mente que sus propias profecías podían ser el origen del maleficio y que no podía verla ahora cerrar los ojos sin que me dieran inmediatamente escalofríos. Ya había perdido la paz, la salud, la libertad y el trabajo. ¿Qué otras calamidades me iba a predecir? Estaba hasta los cojones.

En eso, una noche Marisela irrumpe en el baño, hecha un esperpento. El pelo engrifado, la bata empapada en sudor, los labios torcidos en una mueca grotesca. Lloraba a lágrima viva.

-Tú me vas a engañar —dice entonces, apuntándome con un índice tembloroso. Cuando la oí, se me quitaron las ganas de cagar. Tiré el periódico y salté del inodoro como si me hubieran puesto un cohete en el culo.

-¿QUÉ COÑO ES LO QUE TE PASA AHORA? —rugí, pero ella no me hizo caso. Estaba ausente, como uno de esos espectros que a ratos se le aparecían.

-Te vi —siguió diciendo, con voz de ultratumba- Estabas en una cama grande... con una mujer de pelo lacio, negro, largo, muy bonita... La abrazabas y la besabas como si la quisieras mucho, hacían el amor...

Me quedé de una pieza. De todas las predicciones que había hecho, esta se me antojaba la más absurda, sobre todo porque lo último que yo tenía en mente era engañarla. Hacía tiempo que no pensaba en otra. Ni falta que me hacía. Marisela aplacaba todas mis ansias y satisfacía todos mis apetitos, aun los más perversos. Era mi felicidad. Sólo aquellos atisbos lúgubres del futuro se interponían entre nosotros. Fantasmas, espejismos, tonterías. ¿Para qué iba a cambiar el oro legítimo de su amor por el brillo efímero de una joya de fantasía?

Me abracé a ella de pronto, compadecido de los dos. La acaricié, besé sus lágrimas. Nos apretamos un rato.

—No seas tonta —le soplé al oído— Lo que puede pasar es como si nunca hubiera ocurrido...

Marisela no pareció muy convencida. No era para menos. Sus vaticinios eran siempre fulminantes. Más que pronósticos, parecían verdaderas maldiciones. Aun así, tratamos de convencernos de que podíamos esquivar aquel abismo; calculamos los riesgos, tomamos precauciones. Ella insistió en que me alejara de las despedidas de solteras, los concursos de belleza, las fiestas de quince, las bodas, en fin, todas las tentaciones. La prudencia dictaba que retratara sólo bautizos y primeras comuniones. Segura, además, de que sólo un estado de saciedad sexual permanente me haría inmune a la infidelidad, Marisela se dio a calmar mis bajas pasiones con una tenacidad implacable.

Me tropezaba con ella todas las tardes junto a la puerta, de rodillas y con la boca abierta, casi suplicante, y apenas acababa de vaciarme en sus labios, me arrastraba por las patas hasta la cama, de donde no me dejaba levantar hasta asegurarse de que había quedado inerme, exhausto, casi cadáver. Al cabo de un mes, me puse tan flaco y ojeroso, que creí me iba a tuberculizar. La pinga me ardía, la cabeza me daba vueltas. Marisela aseguraba que mientras siguiéramos un régimen semejante, nuestra unión estaría a salvo. Te voy a dejar seco, me dijo una vez, tu amor no me lo quita nadie. Esa misma noche soñó que estaba vestida de novia. La sangre se me heló en las venas.

Uno a veces cree que la fatalidad toca a la puerta con un letrero en la frente, pero no; casi siempre viene disfrazada o vestida de domingo. La reconocí enseguida (yo también tengo un sexto sentido para esas cosas), pero no me di por enterado. ¿Para qué herir sus sentimientos? Era una china medio tiempo que todavía conservaba la figura. Alta, distinguida, exótica. Desde que la vi cruzar las piernas, en un gesto ambiguo, entre púdico y exhibicionista, me di cuenta de que era una mosquita muerta. Tenía el pelo lacio, negro, largo... Debí haber salido huyendo, pero yo nunca le digo no al peligro, así que le seguí la corriente.

Me había citado en su casa de Cocoplón con el pretexto de retratar el cumpleaños de su hijo, pero en cuanto llegué me di cuenta de que no había piñata. Estábamos completamente solos en aquella mansión repleta de muebles antiguos y adornos de porcelana. Ella me explicó enseguida, con un leve sonrojo, que quería que le hiciera algunas fotos íntimas, privadas con que animar la pasión aletargada de su esposo. Algo de buen gusto, se apresuró a aclarar, apartando la vista de mis ojos azorados. Minutos después, estábamos encerrados en su alcoba.

No sé cómo pasó. Creo que fue cuando la vi en aquella ropita interior medio transparente, o cuando se puso de rodillas en la cama enorme, redonda, rara, y me preguntó, llevándose un dedito a los labios: ¿Cómo quiere que me ponga, señor?

No lo pensé dos veces, o si lo pensé, no me acuerdo. Aplasté el Marlboro en un cenicero, puse la camarita sobre la mesa de noche y me le eché encima como una fiera. Era estrechísima, me vine enseguida. Son cosas que uno siempre lamenta demasiado tarde, sobre todo porque no valen la pena.

La china me juró después que era la primera vez que algo semejante le ocurría, nunca antes había perdido la cabeza. Iba a decirle que lo que había perdido era el culo, pero no me dejó hablar. Con gran apuro, me puso un rollo de billetes en la mano y me llevó hasta la puerta.

—Confío en su discreción —me dijo, por toda despedida. Yo no me atreví a contar el dinero; eran como trecientos pesos.

No me pregunten cómo Marisela se enteró de este fatídico desliz. Los muertos no suelen ser discretos; los sueños, tampoco. Tres días después, lo sabía todo y me puso de paticas en la calle, sin compasión. Ella era así, tajante. Echó toda mi ropa en el baúl del carro y ni siquiera me dijo adiós. Baydegüey, se quedó con la cámara. Qué desgracia.

Yo manejé sin rumbo todo el día. Paré en La Carreta y me tomé un batido de mamey; después, pedí par de croquetas. Manejé más; no sé por qué fui hasta Hialeah. Después, recurvé. El tráfico estaba horrible. Era la hora del roche. En el camino, me tropecé con un par de accidentes. Carros que echaban humo por el capó, choferes que manoteaban, vidrio y metal regado por el pavimento...

Cuando se hizo de noche, me metí en uno de esos moteles baratos que hay en la Ocho. Alquilan por noches y por horas. Siempre están llenos de putas y policías. El carpetero me preguntó qué tipo de habitación quería. Tenían la Jungla, el Camarote del Titanic, el Calabozo, un montón de temas. Lo pensé un poco y pedí el Calabozo. Ahí es donde debía estar indudablemente.

Era un aposento lúgubre, como era de esperar, con paredes de ladrillos desnudos y cadenas que colgaban del techo. Había un látigo de cuero negro, muy impresionante, tirado sobre la cama. Casi me echo a llorar.

Prendí el televisor. Estaban pasando una película de adultos. Me quedé embobecido, viendo cómo una rubia de tetas enormes le chupaba el tolete a un negro grandísimo que la miraba con ojos de asesino en serie. La Bella y la Bestia, pensé. Estaba a punto de botarme una paja, estimulado por aquella sabrosa mamada, cuando me acordé de la última profecía de Marisela.

Apagué el televisor y me tiré en la cama. Tenía sueño, pero aquel pronóstico no se me quitaba de la cabeza.

-Te vi ante una puerta luminosa —me había dicho antes de expulsarme de su vida para siempre- Una puerta llena de luz y niebla resplandeciente que te llama y te atrae como la luz a los insectos. Es una puerta muy linda, Manny, pero por lo que más quieras, no vayas a entrar. Allí te espera lo peor, quizás la muerte...

Creo que me quedé dormido una hora o algo así. No estoy seguro. Cuando abrí los ojos, me pareció que se había hecho de día, pero no; era sólo un resplandor que emanaba de alguna parte de aquel calabozo en que me había metido. Tenía un sabor amargo en la boca.

Miré a mi alrededor. La puerta del baño estaba medio abierta y la luz, bastante intensa, se desparramaba por sus bordes, por todas sus hendijas y bisagras. Un humito extraño, aromático, brotaba también de aquel sitio. Parecía ese programa de horror y de misterio que echaban por el seis. ¿Cómo se llama? *Twilight Zone*.

Me levanté y caminé despacio. Abrí la puerta completamente y la luz me cegó por un instante. Después, pude ver en la distancia un paisaje hermoso, un campo de golf muy verde o algo así. Iba a entrar, pero enseguida me vino a la mente la advertencia de Marisela y me quedé colgando en aquel extraño umbral. Hasta ahora, todas las profecías de aquella mujercita se habían cumplido al pie de la letra. ¿Pasaría lo mismo con esta?

Lo pensé un poco. Vacilé, atento a los carritos blancos que se desplazaban por el inmaculado campo de golf. Parecían tan inofensivos... Tendí una mano para tocarlos, pero me contuve. Casi iba a darle la espalda a aquel espejismo, lleno de espanto, cuando súbitamente cambié de parecer. La memoria de Marisela, de sus sueños y premoniciones, de su fatalismo, se desvaneció de pronto, como por encanto, y por primera vez en largo tiempo, me eché a reír, libre de tanto miedo y preocupación, ignorante del futuro, ante una puerta que me llamaba con la más dulce de las voces. Qué cojones, me dije. Que sea lo que Dios quiera. Y entré.

3

Fue culpa mía. Abrí la puerta sin mirar. Este es un barrio malo; no se puede estar comiendo mierda. El muy maricón me fue parriba. Se abrió paso como una tromba. Tenía un machete.

-¡Manny... guachao! —chilló Araceli por detrás de mí. Todavía estaba en la mesa, en bata de casa y con los rolos puestos. Yo andaba en camiseta. Estábamos comiendo en la salita cuando oí sonar el timbre. Serían como las ocho; había empezado la segunda novela.

Por suerte, me agaché y pude esquivarlo. Si no, me abre la cabeza en dos como un aguacate. Con el impulso, él fue a incrustrarse en la pared. Me encogí y lo dejé pasar. Entonces, jalé por el amansaguapo que siempre tengo detrás de la puerta.

-¡Modefoca! —rugí. Le fui encima.

El golpe lo cogió por sorpresa. Iba a virarse cuando le centré un batazo por el sentido que lo paró en seco. Cayó redondo como un pajarito; el machete también. Me aseguré de que estaba inconsciente y se lo quité.

-¡Llama al nueve-once! —grité. Araceli corrió a buscar el teléfono; nunca sabe dónde está.

Mientras ella daba carreras, busqué un rollo de teipe jeviduti y lo empecé a entizar como a un cochino. Le amarré bien las manos primero, y después le até las patas. Entonces, se las junté debajo de la barriga, y las amarré bien fuerte allí, pasándole el teipe tres o cuatro veces. Por si acaso, le enticé también la boca. Le hice un nudo bastante recio en la nuca. No quería que me fuera a morder; aquel energúmeno era capaz de cualquier cosa. Tiré el machete bien lejos. Era enorme.

-*Manny, you're hurt!* —oí que Araceli gritaba entonces.

Era verdad. Tenía un tajazo en el hombro izquierdo. No era muy grande; la herida fue a sedal, pero la sangre me corría por el brazo y salpicaba el piso que daba gusto. Coño. Ni cuenta me había dado. Enseguida me empezó a doler.

-Ayúdame —le dije a Araceli entonces.

Entre los dos, movimos aquel bulto. Lo fuimos rodando poco a poco, como a una alfombra. Pesaba más que un matrimonio mal llevado, más que un muerto, pero conseguimos ponerlo al fin en medio de la salita y después nos sentamos en el sofá a mirarlo. Yo prendí un Marlboro; Araceli empezó a limpiarme la herida con un pañuelo.

-¡Casi te mata, joni! ¡Casi te mata! —decía ella, enjugándome la sangre, y sin quitarle la vista de encima al intruso- *Who's this ugly son of a bitch anyway?*

-Nevermain —contesté.

Ella siguió curándome. Ahorita viene la policía, dijo.

-Siempre se demoran.

Me fijé en que no había cambiado mucho desde la última vez que lo vi, pintando con tiza en las aceras y pidiendo limosna cerca de la Ocho. Todavía tenía también la marca de aquella cuchillada en el cachete izquierdo. No se me olvidaba. Un pordiosero con ínfulas de artista callejero, pensé. Apestoso y arrogante. Mejor no lo hubiera conocido. Pero en esta vida sólo se puede elegir a los amigos; los enemigos te caen del cielo. Te buscan, te encuentran, cogen confianza, y si pueden, te envenenan o te vacían una pistola en medio del pecho cuando menos te lo esperas. Hay demasiada inquina y envidia en el mundo. Qué se va a hacer. Apagué el cigarro en el piso.

Araceli trajo después un pomo de alcohol y algodones. También un rollo de gasa enorme, suficiente para armar a una momia. Se arrodilló en el sofá, al lado mío. Me limpió la herida, le puso mercurocromo y la cubrió después con varias capas de gasa. La sangre había parado, pero ella se empeñó luego en ponerme el brazo en cabestrillo, como si se me hubiera partido un hueso o algo.

-¡Tate quieto! —me gritó cuando traté de quitármela de encima. Después, me dio un tortazo en la cabeza.

Las mujeres son así; siempre quieren sanarte a la fuerza. Si te rebelas, son capaces de matarte. Es absurdo. Así que me resigné. No paró hasta que me inmovilizó el brazo. Después, se quedó contemplando el cabestrillo blanco como si fuera una obra de arte.

-¿Tas contenta ahora, *baby?* –dígole.

-Qué salvaje eres –díceme- Estás vivo de milagro.

Tenía razón. Soy un salvaje; a veces una bestia. También estoy vivo de milagro; he pasado por muchos trances difíciles; allá y acá, en La Sagüesera. Pero de todas maneras me sentía demasiado indefenso con un brazo amarrado. Aquel singao estaba a punto de despertarse, y cuando lo hiciera, quería estar listo. Tenía el amansaguapo bien a mano, en el sofá. Lo acaricié.

-¿Tú sabes quién es este animal? –preguntó Araceli.

Lo pensé un poco.

-Ni idea –le dije al fin- Apaga el televisor, plis.

Ella fue a apagarlo enseguida. Mejor. No quería distraerme ni bajar la guardia. Tampoco discutir. Además, hacía un calor del coño de su madre. El aire estaba roto. Pero en eso, oí que Araceli gritaba: *Look, Manny, he's waking up!*

Yo lo había visto pestañear ya. Trató de estirarse y enseguida agarré el bate, por si las moscas; pero no me hizo falta. Estaba tan bien amarrado, que sólo pudo forcejear un poco. Pujó, se revolcó, tratando separar los brazos y las patas. Hizo intento de levantarse varias veces, pero al fin se rindió, soltando unos gruñidos guturales y extraños, de pura impotencia: *Uhh... Uhh...* Parecía un foquin animal, por mi madre. Sus ojos nos miraron con un odio increíble. Echaban chispas, relámpagos.

—*Are you sure* que no lo conoces? —Araceli insistió. A la legua se notaba que no me creía. Ningún desconocido te puede mirar así, con tanto veneno gratuito.

—Ya te dije que no —respondí.

El empezó a gruñir otra vez: ¡*Uhh... Uhh... Uhh...!*

—¡Cállate, maricón! —le grité. Casi le vuelvo a sonar un batazo por la cabeza; no sé cómo me aguanté. Entonces, me paré y le di un puntapie por el culo. Después, otro por la barriga. Iba a centrarle uno por la misma boca, pero Araceli me sujetó. Manny, *stop*, suplicó.

A veces pierdo la paciencia, lo sé. Me cuesta trabajo contenerme, pero al fin lo hago. Es mejor. Así me he ahorrado muchas desgracias. No es bueno dejarse llevar por los impulsos. Uno puede acabar en la cárcel. Todos somos asesinos en potencia.

—Ay, Manny... —dijo Araceli, mirando el reloj.

Mientras tanto, él nos miraba y luchaba por zafarse. No se me olvida. Gruñía, pujaba, trataba de estirarse con esa fuerza extraordinaria, titánica que a veces despliegan los dementes: *Uhh... Uhh...* En eso, llegó la policía.

Se aparecieron con gran estrépito, con el farolito rojiazul dando vueltas y la sirena aullando. Fueron a parquear casi en la puerta. Un poco más y aterrizan en la salita. Siempre pasa igual. Todo el vecindario se alborotó. Seguro creyeron que venían a prenderme a mí.

-Pase, oficial -dije.

Eran dos. Un gordito y un gringo calvo, colorado, medio tiempo, con bigote; los dos con las manos en las cartucheras abiertas. El gringo recogió el machete con un pañuelo, muy profesional. Enseguida que me vio el brazo, preguntó: *Are you alright?*

No había mucho que decir. Les contamos lo que había pasado; Araceli se puso a llorar y agregó sus pinceladas. El gordito avanzó entonces por la sala, apuntando con su pistola al energúmeno, que ahora forcejeaba más que nunca, retorciéndose sobre el piso. Sus ojos se movían señalándome, coléricos, mientras no paraba de gruñir, como loco: *Uhh... Uhh...*

-*Careful...* —advirtió el gringo, apuntándole también con su pistola.

El gordito se acercó lo suficiente y lo viró boca arriba de un puntapié.

-¿Conocido suyo? —me preguntó. Le dije que no.

-Pues yo sí lo conozco —contestó él- Es mala noticia. Siempre anda jangueando por el barrio, pidiendo dinero, metiéndose en los baños, buscando droga y dando masajitos en los cojones.

Como vio que Araceli se puso colorada, pidió disculpas enseguida. Tengo la boca muy sucia, *sorry,* explicó. Ella se abrazó a mí, escondiendo los ojos en mi pecho. Por suerte, ya se le habían pasado los nervios. O la mayoría de ellos, por lo menos.

-*Wanna press charges?* —preguntó el gringo entonces.

-Na —contesté.

Se lo llevaron colgado entonces de un tubo grande de aluminio que me quedaba de un trabajito que había hecho por Westchester. Pensé que se iba a doblar, pero no; aguantó el peso de aquel singao. No era mucho; el tipo estaba raquítico. Parecía un animal que se lo llevaran directo al matadero, furioso. Gruñía, se retorcía, ponía los ojos en blanco. *Uhhh... Uhhh...* Los policías se reían de lo lindo.

-¿Sabes qué? —me dijo Araceli cuando nos quedamos solos.

-¿El qué? —dígole.

Estaba en la cocinita poniendo los platos en la dishguache. No se me olvida. Ella es así; primero se queda callada y después te lo dice todo rayagüey. Es demasiado franca; eso me gusta.

-Tú lo conoces, Manny —dijo al fin. Se quedó mirándome, esperando una explicación. Así que se lo conté. ¿Para qué guardarle secretos?

-Mira —le dije- Lo único que ese maricón no me perdona es que una vez le salvé la vida.

-¿¿Seyguá?? —exclamó ella. Vino corriendo hasta donde yo estaba, con los ojos abiertos como platos: *You should have killed that bastard!,* gritó. No le hice caso.

-Una noche me lo encontré en el baño del Inca —seguí contando- Tres negros lo tenían encuadrillado, con un cuchillo metido en la cara. Se lo iban a jamar; seguro se lo buscó. Yo intervine. Me costó una peleíta, pero al fin lo dejaron.

-Tremendo comemierda que eres, Manny. ¡Eres un foquin comemierda! —dijo Araceli, furiosa. Ni me miraba ya.

-Lo sé —respondí- Después de eso, se dedicó a rondarme, a vigilar mis pasos. Amenazaba a mis clientes; hablaba mierda de mí en todas partes. Decía que yo le había metido el cuchillo en la cara. Imagínate. Un día lo vi haciendo dibujos en las aceras y pensé que se había cansado, pero ya ves.

-Casi te mata —dijo ella- ¿Por qué no aprovechaste?

Me encogí de hombros.

-Ese lo único que me puede matar son las ganas de singar —contesté- Además, a todos nos toca morirnos algún día.

Araceli me echó una mirada fulminante.

Pero era verdad. ¿Para qué acelerar lo inevitable? Tiempo después, alguien vino a contarme que se estaba muriendo. No me acuerdo quién fue. Un amigo, un cliente, un pariente, qué sé yo. Alguien que nos conocía, en todo caso. A la gente le gusta chismear.

Se estaba muriendo de una enfermedad extraña, desconocida, mala, me dijo con mucho misterio. De esas que entran por el culo, se esparcen por la sangre y te matan todas las defensas. Te consumes y te pones como un cadáver, aun antes de estirar la pata. No hay cura ni vacuna. Te vas en medio de diarreas, vómitos y retorcijones horribles. No me puse triste, pero tampoco me alegré. La muerte hay que respetarla. Cada cual tiene la que se merece.

4

Un día iba manejando y se me olvidó adónde iba. ¿Qué coño hago aquí, por esta foquin calle? No sé qué pasó; perdí la memoria de repente. De eso me acuerdo. Blacao total. Habrá sido por algo que tomé, o que me dieron; no estoy seguro. Tenía la mente en blanco, como si no hubiera ayer ni mañana. Así que me arrimé enseguida a la acera, me apeé y miré alrededor. No sabía qué hacer. Empecé a sudar mucho. Las goticas se me escurrían por los sobacos y la espalda. Hacía un calor del coño de su madre.

En eso, me entraron ganas de fumar. Jalé por un Marlboro, pero la caja estaba vacía. La hice una pelotica y la boté. No sé por qué uno carga con tanta basura, tanta cosa inútil. Uno anda con demasiado equipaje en esta vida. Trato de tirarlo por la borda, andar ligero, pero al final algo se queda contigo. Es inevitable, parece.

Enigüey, quería fumar y no me acordaba de nada, ni de cómo me llamaba. ¿Sería posible? Entré a una quincallita que había cerca. La Mariposa. A lo mejor allí podía averiguar.

Vendían de todo: chicle, bolígrafos, creisiglú, tijeritas, destupidores de inodoros y revistas de artistas. Cuando entré, sonó una campanita y un mulato chino que estaba detrás del mostrador me miró de reojo; no dijo esta boca es mía. Estaba sentado en un banquito, haciendo un crucigrama, muy concentrado, parece. Pero sin que me lo dijera, sabía que me estaba siguiendo los pasos. La gente es así, desconfiada con el prójimo.

Tenía unas pestañas larguísimas -en eso me fijé- y cejas que parecían pintadas en arcos perfectos, muy oscuros. ¿Sería ganso? Siguió mirándome con el rabo del ojo y casi le pregunto: ¿Te gusto o te caigo bien, capitán? Podía conocerme. ¿Quién sabe? Me arrimé al mostrador.

-Dame un Marlboro, plis —le dije. Fui a darle par de pesos, pero el muy hijo de la gran puta me cortó en seco.

-No llevo cigarros, brode.

Era verdad. Cerca de la caja había palitos de incienso, caramelos y latas de insecticida. También velones para Santa Bárbara, San Judas Tadeo, el Anima Sola... El único cigarro allí era el que se estaba fumando aquel singao, y de momento se extinguía con un hilito de humo en un cenicero de plástico verde. Era uno de esos cigarritos finos y mentolados, muy suaves y femeninos. Así cualquier maricón fuma, pensé. Le pregunté dónde había. Me contestó que allá abajo.

-¿Allá abajo dónde? —insistí. Estaba perdiendo la paciencia.

-Por la Doce, brode; en la Esquina de Tejas. ¿Tú no eres de aquí?

-No —respondí.

-Se ve.

Casi lo mando a singar, pero me arrepentí. Podía gustarle. Salí, caminé un montón de cuadras, todo a resisterio de sol. No manejé; me daba miedo así. Dejé el carro en la cuneta. Total. A lo mejor no era mío tampoco.

Hubiera jurado que conocía aquellos sitios, que las aceras llevaban alguna marca de mis huellas; había caminado tanto, lo sabía sin acordarme... Pero en esos parajes ninguna cara familiar me salía al paso; ninguno me saludaba. Nadie —ni yo mismo- me reconocía en el reflejo de las vidrieras. Tendría que seguir averiguando.

So me paré en un cafecito que encontré unas cuadras más abajo. Ha de haber sido la Esquina de Tejas, porque había cigarros allí, como dijo aquel maricón. Los tenían alineados en una vidrierita, sobre el mostrador. Pensé que si descansaba un poco podría al menos recuperar el rumbo, dar con alguien que me conociera y me despertara de aquella pesadilla. Pero no. A esa hora casi no había una foquin alma por allí. Todos se habían ido, parece, en la última guagua. Manda cuero.

Sólo vi a un par de viejos operados de cataratas jangueando por allí, con unos espejuelos oscuros grandísimos. Se apoyaban en andadores y hablaban de todos sus males: la vejiga, la vesícula, el corazón, los riñones, la diabetes, el Mediquer... Algunos cargaban con pomitos, vaya usted a saber de qué. Orine, heces fecales seguramente. Qué malo es llegar a viejo...

Pedí Marlboro y un cortadito. La chiquita que atendía me preguntó cómo estaba. Parecía conocerme, pero me hice el loco, no sé por qué. Me dio mala espina. Estaba graciosita; una centroamericana de como veinte años y mirada pícara, pero no me inspiró confianza. No quise preguntarle. De pronto me podía enredar, pensé. El café estaba bueno: oscurito y dulce, con una gotica de leche espumosa y caliente encima. Me gustó. Pagué y me fui. *Bye*.

Me metí después por unas callecitas, buscando la sombra; tenía que refrescar. Al rato, paré a descansar debajo de una mata de mango que había por el camino; prendí un cigarro, miré alrededor. Era un pedazo por donde había varios edificios de dos plantas. Chatos, estrechitos, con una piscina seca y un par de lavadoras viejas en el medio; nadie las usaba. ¿Para qué? Trecientos o cuatrocientos pesos al mes seguramente. La misma mierda, cuadra tras cuadra. Todos iguales.

Un viejito calvo me salió al paso entonces, montado en una silla de ruedas con motor; casi me arrolla. Iba a mil, moviendo una palanquita; el motor rugía como un camión. Por suerte, lo esquivé a tiempo. Tuve que dar tremendo brinco.

-¡Oiga, señor! ¡Guachao! –le grité.

Estaba en otro mundo, entusiasmado con la velocidad. Aceleraba y doblaba; volvía a acelerar y descansaba. Detrás, llevaba colgado un balón de oxígeno. Qué locura. En eso, oigo a alguien que llama: Manny, Manny... ¿Sería conmigo?

Me viro y es tremenda trigueña. Jovencita, culona, un tronco de hembra, me pareció. Un poco entrada en carnes, pero buenísima. Está en la puerta de un apartamento pintado de amarillo y blanco descascarado, con las manos afincadas en la cintura, mirándome de lado, con tremenda curiosidad.

-¿Qué coño tú haces por aquí a esta hora? —me preguntó.

-¿Yo?

-¿Quién va a ser, *baby*? ¿Tu primo?

Me acerqué y le dije que andaba perdido, buscando cigarros; no encontraba. Va y me conoce, pensé. Se echó a reír. Estaba en bata de casa, una bata muy ligera, con florecitas estampadas y desvanecidas. A la legua se veía que no tenía más nada puesto. Ni blumes ni ajustadores ni un carajo. Todo se le marcaba y se le marcaba bien.

-¿Qué pasa? ¿Te dio otra vez? —preguntó. Parecía preocupada.

Le dije que no sabía, pero enseguida me arrepentí. ¿Para qué contestarle si no la conozco? Pero por alguna razón me inspiró confianza. No sé; sería porque tenía una carita simpática, corriente. Me trataba con mucha familiaridad. ¿Y si fuera jeba mía? ¿Y si sabe algo que yo no sé? A lo mejor estoy enfermo; puede ser grave. No sé. ¿Qué se pierde con averiguar? En eso, me tomó de una mano, cogimos por un pasillo y nos metimos en una casa.

-Me voy a tirar un bañito —dijo. Así mismo: "Un bañito", que no es lo mismo que un baño, por cierto. Me la imaginé enseguida debajo de la ducha, enjabonándose por todas partes, enjuagándose, suavecito, despacio... Tremendo cerebro.

Me quedé esperando en la sala, fumando sentado en un sofá viejísimo de ratán, con colchoncitos de espuma de goma forrados de loneta desteñida. Me puse a mirar las paredes, las fotos en blanco y negro; otras, en colores. Miré un poco más: allí estaba yo en una, sentado en el capó de un carro largo y viejísimo; ella detrás, sonriendo. Miré mejor: se me parecía. Un poco más flaco y peludo, pero se me parecía. ¿Sería yo de verdad?

Del otro lado había un cuadro con un par de cisnes blancos tocándose los picos. El Sagrado Corazón y un calendario de Mikimbín Pharmacy. También un certificado de cosmetología a nombre de Migdalia Flores. ¿Migdalia? Yo no conozco a ninguna Migdalia, creo. ¿Sería ella?

En eso, en un rincón de la sala, adiviné un coco seco, una piedra pintada de colores, y un vasito con un líquido oscuro y un papel de cartucho enrollado dentro. Maleficio para alguien, seguro. Mejor no pensar en eso. Eché mano a una *Vanidades* viejísima que tenía cerca, en una cestica; no sé de dónde salió, pero la cerré enseguida. ¿Para qué seguir leyendo? *Cómo conquistarlo... ¡por la boca!*

¿Me querría envenenar? ¿Hacerme brujería? ¿Quién era esta mujer? ¿Debo conocerla? La cabeza me empezó volar. No muy lejos, pero volaba. No sé si les ha pasado. Es una especie de mareo que te envuelve, te lleva. Sería la falta de alimento... o que estaba pensando demasiado. ¿Quién coño soy, cojones? ¿Qué hago aquí?

En este mundo no se puede coger tanta lucha; te vuelves loco. Aplasté el cigarro en el piso y cerré los ojos a ver si se me pasaba, pero no.

En eso, afuera, se formó de pronto un tropelaje. Alguien arrastraba un carricoche por el pasillo, creo. De esos que llevan rueditas de patines; lo escuché clarito, arañando el pavimento. Tremenda bronca. Muchas voces. Entonces, alguien dio un tropezón y gritó a voz en cuello: ¡Maricóóóóón! ¡Me cago en el corazón de tu madre, modefocaaaaaa...! ¿Qué sería?

En eso, ella volvió.

No me dio tiempo a reaccionar. Fue rayagüey. Si no es por el ruido de los tacones sobre la losa, ni cuenta me doy de que estaba allí, mirándome. Abrí los ojos y me quedé de una pieza. Omaygá. Casi la tenía enfrente de mis narices: fresca, entalcada... y encuerita.

-¿Te desperté? –preguntó. Le dije que no, que no estaba dormido. Pues parece, dijo ella, burlona.

Tenía unos pezones oscurísimos, casi negros, afilados como clavos. Su pendejera parecía un bikinito de lana, en medio de unas caderas que casi tapaban la vista del comedor. Se había rasurado bien las ingles, mucho, casi a rente. No se veía traza de pelo en esa zona de piel más clara y tersa...

-¿Y tú qué miras, *baby*?

-¿Yo?

-Coño, Manny –dijo, acercándose más- ¿Estás borracho?

-Yo no –dígole.

-No te arrecueldas de mí, ¿verdad? No te arrecueldas de tu mujercita –díceme.

Y yo: Creo que no. Hubiera querido acordarme, ojalá; pero no la registraba. Ni una campanita. Entonces me tomó una mano y me hizo tocarla. Se la pasó por la barriga despacito, en círculos que se acercaban cada vez más al ombligo pequeño, escondido. Al lado del ombligo tenía una marca oscura, casi violeta, un morado redondo, desvanecido.

Se sonreía y a cada momento me volvía a preguntar: ¿Te arrecueldas ahora, te arrecueldas cuando me diste ese chupón, ese chupón tan duro, eh, ese chuponcito sabroso? Y yo que no, mami; perdona, no sé... Me estaba poniendo a mil, pero de memoria, nada.

-Espérate –dijo entonces.

Empezó a darse una vueltecita, mirándome de reojo, como si fuera un maniquí en una de esas plataformas giratorias que hay en las tiendas. En una de las corvas tenía otro manchón casi negro, otro morado; parecía un golpe. "¿No te arrecueldas?", me preguntó. "Tú mismo me hiciste eso, cabrón. Te pones tan bruto, te gusta pegarme cuando me tiemplas. Te pones como loco, una bestia. Toca, toca..."

La toqué y ella se erizó, cerró los ojos. De espaldas estaba incluso mejor. Se quedó parada un momentico, para que le viviera las nalguitas empinadas y firmes. "Anda, toca, toca, ¿no quieres?", me decía. "Toca, toca". Después, siguió dándose la vuelta. Casi me le echo encima para castigarla; aquello era un tormento, pero me aguanté, no sé cómo. "Todo esto es tuyo, tienes que arrecoldarte", susurró cuando acabó de virarse y me tuvo de frente otra vez.

¿Sería verdad? Volví a estirar la mano; fue por foquin comemierda. No debí haberlo hecho. Era una trampa. Me di cuenta enseguida, demasiado tarde, cuando se agachó y me clavó aquella jeringuilla en el brazo.

No lo vi venir; estaba entretenido, saboreando su piel con los dedos. Pegué un brinco, pero enseguida me quedé paralizado. Era como una droga. La aguja pinchó mi piel sin hallar resistencia; ni un tendón, ni un nervio. Hubiera querido gritar, pero no pude abrir la boca. No me dolía; sólo sentía aquel líquido frío y verdoso fluir poco a poco por mis venas, adormeciéndome, anulando mi voluntad. Traté de levantar una mano. No pasé del intento.

—Quieto —dijo ella entonces, con mucha autoridad.

Se apoyaba en mis rodillas para hacer equilibrio. En aquellos tacones enormes, no sé cómo podía. Es el eterno misterio de las mujeres. Parece que nacen montadas en esos zancos, sólo para desquiciarnos y malograr nuestras vidas. ¿Sería eso lo que quería hacer esta desgraciada?

Eché la cabeza para atrás y me dejé envolver. Era un suero sabroso y letal, por lo visto. No te dormía; sólo te embriagaba, te daba un tono sabroso. Lento pero aplastante. Se esparcía poco a poco, congelándome. Aquella inyección parecía no tener fin. Ella apretaba y apretaba, sin dejar de mirarme.

-Nunca tomas tu medicina –la oí decir- Por eso te olvidas, te pones mal. No sigues tu tratamiento, papi. ¿Todavía no te arrecueldas?

Iba a decirle que no, ¿pero cómo? Abrí los ojos, hice intento de hablar, pero la lengua se me trababa. Parecía un bobo, manoteando y gruñendo: *Ehhh... Ehhh...* Entonces la vi tirar la jeringuilla. El cristal se hizo añicos en el piso, cubriéndolo de estrellitas resplandecientes. Sus ojos se clavaron después en los míos. Estaban rojos, llorosos; era una rabia que parecía consumirla, sólo porque no la entendía, no la recordaba, me negaba a reconocerla.

-Lo peor –explicó- es que no te quieres arrecoldar. Crees que olvidando vas a borrar todos los tormentos, las pesadillas, Manny; lo mucho que sufriste allá... Por algo que dijiste, o que dejaste de hacer, no sé; soy medio bruta... El presidio, las traiciones, la angustia... Casi acaban contigo... No es fácil. Pero yo te voy a ayudar. Yo te voy a quitar esa mierda, todo ese miedo, coño...

Se inclinó después sobre mi regazo y sus manos empezaron a subir por mis piernas poquito a poco, siguiendo el rumbo de mi portañuela. Yo te voy a enseñar, papi, la oí decir mientras se abalanzaba, golosa. Tú te vas a arrecoldar, por mi madre. De lo bueno, de lo rico; de tu apartamento, de tu mujercita, de Migdalia... Eres el campeón, Manny; el más singón, el más jodedor, el que más cable vende aquí, coño, el rey de La Sagüesera, ¿no te lo han dicho? Mmmm...

Tenía una manito suave y fría. Me bajó el zíper de un tirón. Sin dejarme de mirarme, empezó a masajearla con empeño, muy despacio. Se sonreía y la bombeaba: parriba y pabajo, palante y patrás. "¿Te arrecueldas ahora? ¿Te gusta, eh?", preguntaba de vez en cuando. Y yo sin poder moverme, qué tortura. Me había puesto frío y tieso, muy tieso. La vista se me nublaba. Creí que me iba a desmayar.

En eso, la muy hijeputa hundió la cabeza en mi regazo. Empezó a lamerla primero como un posicle, desde la punta hasta los mismos cojones.

—Tú te vas a arrecoldar, coño —decía entre lamida y lamida. Cerraba los ojos y los volvía a abrir cuando subía, observando mis reacciones, divertida.

En eso, cuando menos lo esperaba, se la metió en la boca; sólo la cabeza. Me tomó desprevenido. Tenía una lengüecita tibia, rápida, áspera. Por debajo, la mano seguía bombeándome: parriba, pabajo, palante y patrás. Pude gritar algo entonces, no sé qué; incluso me sorprendió oírme. Después, las manos me respondieron y la agarré fuerte por el pelo, que había empezado a agitarse como un remolino. No sé qué paso; la droga perdió su efecto o algo. Pero pude reaccionar. Ella ya no hablaba, no preguntaba; sólo chupaba, mugía como una bestezuela terca: Mmm... Mmmm... Y yo: Coño, mami, coño, mami, coño, mami... Hasta que me desesperé; no aguanté más.

Fue como una brasa de candela, un corrientazo eléctrico. Empezó por los riñones y me subió por el espinazo. Traté de enderezarme. Fue una salvajada. Creo que se la clavé hasta las amígdalas, pero ella siguió prendida al muñón entete, como una sanguijuela. No paró hasta que me desplomé en el sofá y la leche le empezó a brotar a chorros por la nariz. Después, se zafó y la muy cabrona se pasó el dorso de la mano por la boca.

-¿Tas mejor ahora, *baby*? —preguntó. Se lamió los labios rojísimos, irritados, y se quedó esperando a que le contestara. Pero aunque me hubiera gustado mordérselos, no los recordaba de antes ni después. No se lo quise decir. Forguere.

-¿Te arrecueldas? —insistió.

La miré y me dio lástima. Estaba arrodilladita, atenta. Sus ojos trataban de intuir una chispa de memoria en los míos, pero nada. La leche le corría por el cuello y los pechos. Así que le tiré un pañuelo para que se limpiara y le dije que sí, que me acordaba de todo: del presidio, de ella, de La Sagüesera, del cable, del tormento. Pero era mentira, claro. No quería desilusionarla después de aquella mamada tan rica. Tenía la mente en blanco, como si hubiera nacido aquel mismo día, y estaba tan cansado que no quería hablar, ni explicarme, ni discutir con aquella Migdalia. Tal vez era mejor así. Además, pensé, ¿para qué acordarme de tanta mierda?

5

El chino del Oriental no me tiene confianza. Me sirve la sopa de mariposas y el arroz frito especial que le pedí, y luego se planta frente a la puerta con los brazos cruzados. No deja de mirarme, atento a mis más mínimos movimientos. Parece que cree que me voy a ir sin pagar. ¿Qué voy a hacer? Seguro que le ha pasado alguna vez, porque aquí hay mucho pillo. Pero es un foquin comemierda, no me cabe duda.

So me tomo todo el tiempo del mundo, como si conmigo no fuera. La sopa está sabrosa -omaygá, calientica- y las mariposas se le derriten a uno en la boca. Aquí a eso le dicen guontón, no sé por qué. El arroz frito está rico también, pero le falta salsa de soya, como siempre. Así que le echo un poco, salpicándolo, y empiezo a comérmelo despacio, a propósito, con palitos y no con el tenedor y el cuchillo, para amargarle la vida al chino que me está velando.

No como mucho fuera, porque no me alcanza. Tampoco me gusta, soy un poco especial. Aquí hay mucho farsante haciéndose pasar por cocinero. Están por todos lados. No tienen higiene ni escrúpulos ni vergüenza, y si les pides un pan con bisté, te lo dan lleno de pellejos y nervios; piensan que no te vas a dar cuenta. Guardan la comida de un día para otro, hasta que se pudre o alguien la compra, y un buen día te envenenan o te provocan tremenda cagalera. Te matan y no te pagan. Pero Sotolongo quería verme esa tarde, dice que para hacer un recorrido. No me podía negar, era cosa de trabajo. Le dije que me fuera a buscar al Oriental, porque sabía que no le gustaba la comida china. Así no lo tenía que convidar.

Enigüey, es buen lugar. Mucha gente no lo conoce porque está escondido, no tiene anuncio grande afuera, y no hay otras fondas por ese sitio, nomás tabernuchas de mala muerte, un par de cafetines inmundos y el dominó. No sé cómo hacen negocio estos chinos aquí, porque a la hora del lonche el Oriental casi siempre está medio vacío. Por eso es tan tranquilo, pero no debe ser bueno para el billete.

Siempre he pensado que los chinos son unos pícaros y tienen otro negocito por la izquierda: un garito clandestino o un fumadero de opio en la trastienda, algo así seguramente. Ya me lo puedo imaginar: cuatro o cinco drogadictos tumbados en divanes, babeándose, metiéndole al cachimbo en vez de las frituritas. Y una china tiposa, exótica, con vestido largo, de seda, abierto hasta las nalgas, moviéndose entre el humo y repartiendo paraísos artificiales. Vaya usted a saber. Aquí cada cual se la busca como puede. Guarebe.

En eso, veo que el chino se pone inquieto; empieza a moverse extraño. Alguien lo llama de una mesa y no le gusta mucho la idea de perderme de vista. Le hace seña a otro chino que reparte el agua y se queda firme en la puerta, vigilándome como un perro de presa. Así que me canso de toda esa bobería, y como Sotolongo no asoma todavía, doy por terminado el almuerzo, me limpio con la servilleta y saco el billetaje, bien a la vista del chino, que me mira contar los pesos con tremenda curiosidad. Los ojos se le ponen más chinos todavía mientras los voy poniendo sobre la mesa cuidadosamente: dos de a cinco, tres de a uno para la propina, que no se merece.

Acomodo la plata, billete sobre billete, con tremendo alarde, y entonces lo llamo. Le hago un gesto y dígole: Oye, pasana, la cuenta. Parece que no le gusta mucho, porque enseguida echa a andar, sin dejar de mirarme atravesado y con paso lento de luchador. Es alto, musculoso, ha de hacer pesas, creo. Está vestido de negro, como en las películas de kunfú. Me acuerdo enseguida de que esta gente sabe yudo, y me pongo en guardia. Hay que concentrarse, poner la mente en blanco. Lo he visto hacer en la televisión, es algo síquico. No quiero que me vaya a madrugar, pero por más que me concentro y respiro, es demasiado tarde. Cuando menos lo espero, tengo al chino enfrente, con los ojos echando candela.

-¿Deseaba algo? —me pregunta. Pero no es por cortesía. Se ve que tiene malas intenciones y malas pulgas también. Lo siento en el ambiente: es como un malestar que flota y nos envuelve a los dos, una corriente eléctrica maligna. No sé, es una impresión, y nunca me equivoco con las impresiones.

-La cuenta, pasana —dígole entonces, fingiendo la mayor tranquilidad. Pero debí haber esperado lo peor, porque aquel chino no había tenido paz conmigo desde el primer momento.

-¡Pasana es el corazón de tu madre! —me grita entonces, enfurecido. Y casi enseguida veo su brazo alzarse, la mano estirada como un hacha, lista para traspasarme el pescuezo.

Salto de la silla y me agacho, trato de esquivar el golpe lo mejor que puedo, pero sé que me va dar irremediablemente. Casi siento el dolor ya, encogido como un rollo de alambre a un costado de la mesa, cuando otra mano sale de pronto de la nada y detiene el hachazo a mitad de camino, en el aire. Levanto los ojos y veo entonces a Sotolongo, que tiene al chino atrabancado con una llave fuerte, con la frente pegada al piso y el brazo inmovilizado sobre una rodilla. Oigo al chino quejarse, *ahh... ahh...* y me quedo asombrado. ¿De dónde salió Sotolongo? Todo pasó tan rápido...

-¿Quieres que te lo parta, eh? —rugió Sotolongo- ¿Quieres que te lo parta, modefoca?

El chino trataba de zafarse, pujaba, daba brinquitos inútiles, pero cada vez que se movía, Sotolongo le jorobaba más el brazo. Brincaba y dale con el brazo. Del esfuerzo, Sotolongo tenía las venas del cuello a punto de estallar; se veían como tuberías. El brazo del chino parecía un arco, muy flexible, pero si seguía así, algo se iba a partir, seguro. Los pocos clientes que había a esa hora se habían levantado y formaban un círculo alrededor de nosotros. En cualquier momento empezaban las apuestas: ¡A que se lo parte! ¡A que no! ¿Quién da más? En eso, oigo una voz muy serena, y una figura diminuta, frágil y medio fantasmagórica se abre paso en nuestro círculo, hasta quedar en el medio, como un referí.

-¿Qué pasa aquí, caballero? —pregunta entonces el chino viejo que acaba de llegar.

Todos vuelven la cara hacia él, sorprendidos, incluso Sotolongo, que sigue empeñado en partirle el brazo a aquel maricón, y no lo suelta.

Lo había visto antes, creo, no muchas veces. Era el dueño, pero nunca andaba cerca de las mesas, ni pegado al arroz y las frituritas. Seguro andaba por el fondo, ocupado con el fumadero de opio o enredado con la china tiposa del vestido abierto, pensé. Ha de haber tenido como cien años, pero no lo aparentaba; seguro que tomaba yinsén. Vestía guayabera, pantalón ancho de caqui con los bajos enrollados, y unas chinelas de seda roja con dragones bordados en la punta. Fumaba de una cachimba larga que sujetaba con cuidado con unos dedos muy finos, echando humo sin parar, mientras hablaba.

-No se meta en esto, mayor —le advirtió Sotolongo, amagando con partirle el brazo al otro chino, que no cesaba de forcejear contra el piso. Parecía enfrascado en una pelea de lucha libre con el linóleo.

-La fuerza bruta del viento nunca vence al junco obstinado en la laguna —contestó el chino viejo calmadamente- Suelte a insolente sabandija, por favor. Luego, echó a rodar una andanada de palabras que nadie entendió, excepto el chino del piso. Tu madre, por si acaso, pensé. Tu niamá caninambó.

El chino del piso se tranquilizó al oírlo –ha de haberlo amenazado- y Sotolongo lo dejó ir. Los tres nos miramos con desconfianza. El chino se frotaba ahora el brazo con rabia y Sotolongo no le quitaba la vista de encima; yo tampoco. Parecía que la bronca iba a volver a empezar. El círculo de curiosos no se apartaba; querían bronca. Todos son así.

-Será mejor que se marchen ahora, caballero –dijo el chino viejo entonces- Ustedes son mis honorables huéspedes; considérense mis invitados. Inclinó la cabeza ceremoniosamente, y Sotolongo y yo nos echamos a reír camino de la puerta. De paso, cuando me iba, recogí el dinero de la mesa y me lo eché en el bolsillo. ¿Para qué pagar por un rato tan amargo? También me llevé una de esas galleticas de la suerte. La abrí, pero no presagiaba nada malo. Pura mentira.

-Ese te la tiene guardada –le dije a Sotolongo cuando estuvimos en la calle- Los chinos tienen una memoria de elefante.

-¡La próxima vez lo mato como a un perro! –gritó él, agitando un puño en dirección al Oriental.

Sotolongo era así. Me caía bien. Gracias a Dios, nunca habíamos tenido ni un sí ni un no, y parecía buena gente, pero a veces me daba miedo. Por cualquier razón, o al más mínimo roce con alguien, montaba en cólera y empezaba a decir cosas como esas: ¡Lo mato como a un perro! ¡Le retuerzo el pescuezo! ¡Lo descojono! ¡Le abro la barriga como a un cochino! Hay gente que es así. Esconden dentro de sí una furia que a veces se desata y los desfigura.

Alguien me contó una vez que Sotolongo había nacido aquí, o que vino muy chiquito, no me acuerdo. Otro me dijo que estuvo en Vietnam y tenía una enfermedad que no se le quitaba, un problema de los nervios, parece. Puede ser. La guerra es mala, como el presidio, pero fue con él que empecé a conocer La Sagüesera. Se la conocía de memoria, palmo a palmo. El jefe lo mandaba cuando se enteraba de que había alguien robándose el cable en el barrio, haciendo conexiones clandestinas o usando cajitas pirateadas.

Sotolongo era implacable con eso. No paraba hasta dar con los culpables y resolver el asunto a las buenas o a las malas, como él decía. Seguía las pistas de un patio a otro, desenredaba las marañas de alambres y cuando se plantaba en una puerta, los pillos temblaban. Trabajaba como un mulo, no paraba, y si por casualidad se te ocurría decirle que querías coger un brey, se ponía serio y no te dejaba. "¡Descansa cuando te mueras!", decía. Eso es lo que menos me gustaba de acompañarlo en un recorrido; será que soy un poco vago.

Esa tarde teníamos una buena tareíta por delante. Había que empezar a hacer el peine casi desde Bríquel, hasta la Quince o la Diecisiete por lo menos. Era un tramo largo, lleno de peligros y gente belicosa. Un montón de ellos se robaban el cable; no les salía de los cojones pagar. Son así, unos modefoca. Se lo roban todo. Para colmo, hacía un calor del coño de su madre. Con tal que no fuera a llover.

Cuando andábamos cerca del cine, a unos pasos del dominó, Sotolongo me preguntó si había traído el carro. Ya se le había olvidado lo del chino, gracias a Dios. Le dije que sí, pero él me aseguró que era mejor ir en el suyo. Era nuevo, un Montecarlo; así nadie nos iba a reconocer. Quería tomarlos de sorpresa. Después te doy el rai, me dijo. Bueno, pensé, así gasto menos gasolina.

En el dominó había unos cuantos viejos a esa hora, arrimados a un par de mesas, jugando o sapeando un juego. Siempre los veía cuando pasaba por allí, que no era muy a menudo. Me deprimía; no quiero ni pensar en llegar a esa edad. Mejor morirse joven. Los viejos se tomaban aquellos juegos muy en serio y uno podía oírlos, incluso de lejos, vociferando mientras clavaban las fichas en las mesas con un golpe sordo y triunfal: ¡Monjarra! ¡Tribilín! ¡Siete mil y más murieron! ¡Duquesnaide!

Sotolongo tenía parqueado el carro detrás de allí, a corta distancia; caminamos poco. Lo encontramos enseguida. Era un carro lindísimo; estaba nuevecito y oloroso. Sotolongo se apretó los dedos, haciendo sonar sus nudillos en pequeñas explosiones; le gustaba hacer eso. Nos montamos y enfilamos por la Ocho hacia abajo.

Tuvimos que parar en una roja, después de la Casa de los Trucos y el Bar Santa Bárbara. Sotolongo me tiró entonces una lista de nombres y direcciones que traía en un bolsillo; era más larga que la esperanza de un pobre. Después, me pidió que abriera la guantera. Fue entonces que la vi: una fuca viejísima, de cañón largo; parecía una cosa del Oeste, imponente. Prepárate, brode, díceme él.

Si alguien te sale al paso, mátalo como a un perro. Oiga eso, pensé. Yo nunca había usado una pistola ni quería usarla tampoco.

Hicimos izquierda en la Doce. Después, nos metimos por una callecita unas cuadras más adelante; estrechitas, atiborradas de carros a derecha e izquierda. Bajamos unas cuadras más y paramos después del puente de la 95. Sotolongo reculó y nos parqueamos entre un par de cacharros viejos. No sé cómo pudo.

Yo no hubiera querido salir; aquello era territorio apache. Hacía rato que no pasaba por ahí, pero en este barrio las cosas siempre se ponen peor, nunca mejoran. Gente vaga y maleante sentada en los portales, bebiendo cerveza en cartuchitos, haciendo cuentos y metiéndose con las mujeres. Colchones viejos arrimados a un poste de la luz. Un perro muerto en la cuneta. Omaygá, qué cuadro. Pero Sotolongo me dijo que teníamos un asunto que liquidar por allí.

—Esto es rápido, Manny, ya verás —dijo.

Casi en la esquina había un bungaló, de esos que tienen un patio alante, sin matas ni jardín. Por allí abundaban. Nadie los cuida, así que la yerba te da al pecho y la basura se acumula por todas partes: llantas, latas, cajas de vegetales vacías, motores desarmados y televisores viejos. Tenían una cría de pollos también, andaban por todo el lugar, picando.

Sotolongo abrió de un empujón la puerta de la cerquita de alambre y se metió por un costado de la casa. Lo seguí. Un poco más adelante, se agachó. Escarbó un poco en la yerba hasta que dio con el alambre clandestino. Lo levantó, me lo enseñó y empezó a seguir el rastro. Fue derechito hasta el fondo del patio, levantando yerba, tierra; aquel alambre era larguísimo. Estaba empatado con otro que venía de la casa del vecino. Entonces, vi que sacó un alicate del bolsillo. Iba a picarlo, pero no le dio tiempo.

—Soto... ¡Guachao! —le grité. Por fortuna me oyó y se viró.

El viejo aquel salió por una puertecita de un costado sin avisar, como una tromba. Estaba en camiseta, con un sombrero de guano amarrado a la cabeza. Los pelos del pecho, como una piel de conejo gris, le crecían casi hasta el cuello. Era corpachón, un guajiro gigantesco. Lo vi abalanzarse, levantar el machete, y sin pensarlo mucho, saqué la fuca y le apunté. Quieto, so maricón, grité, con la fuca en alto. Si le tiraba, le clavaba la bala en el centro del pecho. En eso, Sotolongo aprovechó, pegó un brinco y le atrabancó el brazo. Se lo jorobó hasta que el machete cayó al suelo. El viejo se derrengó, quedó de rodillas, con el brazo vuelto al revés. Un perro empezó a ladrar entonces dentro de la casa.

—¿Tú quiere cable grati, eh? —le gritó Sotolongo a la oreja, jorobándole más el brazo— ¿Cable grati, eh, modefoca?

Creí que lo iba a asustar; torturarlo un poco, como al chino del Oriental, hasta que se estuviera quieto. Pero Sotolongo siguió apretando y jorobando, furioso. Los ojos le echaban candela; enseñaba los dientes, apretaba, doblaba, retorcía. El viejo daba gritos, pedía perdón, pero nada. Él seguía y seguía apretando. Y en eso, oigo el ruido. Omaygá. Seco, repentino, como de una rama que se quiebra bajo una fuerza mayor. Pero es el hueso lo que le rompe.

Se lo partió de cuajo, como si fuera leña, y cuando menos lo espero, se abre la puertecita y salta aquel perro de presa enorme, con las mandíbulas abiertas. Era negro, tenía unos colmillos larguísimos, como Drácula. Se impulsó con las patas de atrás y estiró las de adelante. Nunca había visto algo así.

-¡Manny, tira, coño, tira!

Por suerte, reaccioné. El dedo se me hundió en el gatillo. Lo apreté, disparé, y aquella fiera cayó redonda. No me tocó, no pudo. La bala le dio en la barriga y la detuvo en el aire. Sotolongo se levanta entonces, coge el alicate, corta el cable en tres o cuatro pedazos, y nos largamos de allí, dejando atrás al perro, boqueando y sangrando en el suelo, y al viejo aullando de dolor, con el brazo colgándole en el aire, suelto, como el péndulo de un reloj. Venía corriendo detrás de nosotros, gritando modefoca, modefoca...

-Apúrate, Sotolongo, nos van a echar a la policía– le dije en el carro. Estaba seguro de que nos iban a prender. El barrio entero había salido a vernos; todos manoteaban. Pero él se echó a reír; estaba como en su elemento. "Mataste al perro, Manny, mataste al perro", decía. Parece que lo había hecho otras veces.

Manejó después sin rumbo, doblando a cada esquina y metiéndose por un montón de vericuetos, hasta que se sintió seguro. Miraba para atrás de vez en cuando por el espejito y no veía a nadie. Yo guardé la fuca en la guantera; no quería tenerla encima. Bastante problema había tenido ya en mi vida; lo último es matar a un perro.

Sotolongo quería seguir el recorrido, y aunque me pareció una locura, no tuvimos más tropiezos. Pasamos el peine a varias casas y la gente estaba avisada, parece. No bien llegábamos a la puerta, nos miraban con miedo, pedían disculpas y se apuntaban en el cable. Buen negocio. Yo llenaba los papeles y cobraba. También una penalidad. El dinero corría. Sotolongo estaba feliz. Gritaba, hacía estallar sus nudillos y daba golpes sobre el timón, como un cauboy. El cobraba una comisión y yo también. Guarebe.

Al fin, se metió en un parqueíto y paramos. Era en un chopin viejo, abandonado, en una esquina; no había mucho allí. Una botánica y un par de tiendecitas. Estaban cerradas. Lo vi sacar papel de cigarros y enseguida empezó a torcer. Sentí el olor dulzón y agrio después. Sotolongo le dio un par de chupadas, absorbió, contuvo el aliento y me lo tendió, pero le dije que no, me hace daño, me da sudor frío. No jodas, díjome. El se rio otra vez, pero era verdad. Así que prendí un Marlboro y lo acompañé así un rato. Pensé que habíamos acabado, pero Sotolongo me dijo que faltaba algo.

Más abajo, cerca del parque que hay debajo de la carretera, había una casita. Pequeña, de madera, insignificante, despintada. Sotolongo me prometió que sería la última, pero no le creí. Parecía entusiasmado y se reía mucho; quizás fuera el efecto del cigarrito. Hay gente que se pone así, como si estuvieran oyendo chistes o todo les importara un cojón.

Nos metimos por el patio y la puerta estaba sin llavín. Sotolongo la abrió de un empujoncito. En la salita había una mulata de ojos verdes en bata de casa, con rolos en la cabeza, dándose balance en un sillón. Tenía una teta al aire, dándole de mamar a un niño. Una teta fofa y desinflada. El niño estaba gordo; los mocos se le salían por la nariz. En la televisión pasaban las noticias, algo sobre un asalto a un banco o un tiroteo, no me acuerdo bien.

Enseguida que vio a Sotolongo, a la mulata se le iluminaron los ojos. Soto, coño, ¿qué tú hace aquí, brode? ¿Qué te traes? El le paso un sobrecito de plástico y ella lo cogió, mirándome de lado, con desconfianza. No me conocía. Se lo metió enseguida en un bolsillo y se apretó el pecho, para que niño siguiera chupando.

-¿Está la señorita o está trabajando en la calle? —le preguntó él.

-¿Trabajando? —respondió ella.

La mulata se echó a reír; le faltaban la mitad de los dientes de alante. Uno de los que le quedaban era de oro. A esa lo que le hace falta es un macho que la meta en cintura, dijo.

-En cintura, ¿eh?

Sotolongo me guiñó un ojo y después nos metimos por un pasillito oscuro hasta dar con una puerta a mano derecha. El no se molestó en tocar; abrió y entramos. Qué peste, men.

Era un cuartucho oscuro, con un olor a humo y Kolonia 1800 impenetrable. En la cama se veía un bulto con forma humana, tapado con una colcha. Parecía un muerto. En la mesita de noche había un vaso de agua, una pajita plástica y los rastros de varias líneas blancuzas; enseguida me imaginé de qué y me puse en guardia. Todo eso es peligro. La mejor droga es vivir. En eso,

Sotolongo se lleva un dedo a la boca, pidiéndome silencio, y agachándose, de un tirón, descorre la colcha.

Omaygá. Tenía tremendo cuerpo; una piel pálida y tersa, una seda. Jovencita, delgada, de veinte años lo menos. Se retorció, se estiró bostezando y pasándose las manos por los ojos, pero no los abrió. No quería despertarse, parece. Tenía el pelo negrísimo, cortado bajito, a lo macho. Estaba en blumes y ajustadores: negros y apretaditos. Una teta se le salía; tenía un pezón rosado, paradito. No, Sotolongo, no jorobes, brode, déjame, la oí decir. Pero él la hala, riéndose, y le dice que viene a cobrar, que abra la boquita, que trae su medicina, el jarabe que le gusta, y qué sé yo. La veo manotear, no quiere, pero él se está abriendo ya la portañuela, y entre que sí y que no, y que ay, Soto, plis, déjame, suéltame, brode, bueno, un poquito, así, *baby,* se la va colando despacito entre sus labios coloradísimos. No muerdas, coño, le dice. Sotolongo cierra los ojos entonces, y ella mmmm... mmm... chupando como una ternera.

Me puse saraso viendo aquello. ¿Qué me lo iba a esperar? Parecía una película de relajo. Me sentía extraño, pero no podía dejar de mirarlos. Sotolongo sujetándole la cabeza, moviéndola, y ella chupando como si no quisiera acabar. A veces abría los ojos, miraba los de él, y después los volvía a cerrar. Tenía los cachetes hundidos, la boca muy abierta. Después, él se pone tenso y la aprieta más, la atrabanca por el pelito; hay un forcejeo, ella alza las manos, pero se quedan quietos los dos un momento, cuestión de segundos, y entonces oigo a Sotolongo que le dice:

-Hoy traje a un amigo, es hombre serio, no me vayas a fallar.

-No, Soto, papi, no... ¡Plis! ¿Qué más tú quieres?

Está encogida en la cama y levantando los puñitos otra vez, mirándome con miedo, casi con asco, pidiéndome que me vaya, y trato de hacerme el loco, pero Sotolongo no me deja. Entra, brode, esto es cosa suya.

-Na, estoy cansado, déjalo –le digo.

Y él: Descansa cuando te mueras, Manny. Disfruta. ¿No la ves?

¿Qué otra cosa iba a hacer? Yo estaba a mil. Sotolongo se limpia con una sábana. Lo oigo reírse y entonces me acerco, la atrabanco por el pelo y se la cuelo enseguida. Me da lástima, pero ella no presta mucha resistencia, un poco nada más. Creo que le gusta, pudiera ser, ojalá. A veces pasa. Omaygá. ¿Me irá a morder? Tiene una boquita suave y resbalosa; una lengua que te eriza cada vez que te la pasa, como la caricia de una anguila. Le acaricio las orejitas y el pelo, y ella se prende entonces, no la suelta. A veces habla: Qué perversos son ustedes, coño... Mmm... Mmm... Abusadores, malos... Mmm... Mmm... Casi me hace reír, pero me disparo enseguida, no puedo más. La sujeto bien y no paro hasta la última gota. Pensé que me iba a dar un jaratá. Ah... Ah...

-Esta es la única que no paga aquí –me dijo Sotolongo después, en el carro- ¿Viste¡

-Verdad, verdad –dígole.

Al que le hacía falta dinero era a mí, como siempre. Pero Soto había guardado el billetaje en un cartuchito. Se lo metió entre las piernas, para que no se le perdiera. Mañana sacamos cuentas, dijo.

Ibamos por la Siete arriba, a toda máquina. Casi sin tráfico, y el poco que había avanzaba desganadamente. No sé qué estaría pasando. Seguro una fiesta. Sotolongo cambiaba de senda, adelantaba a un carro y después a otro, en zig-zag. Se cagaba en la madre de uno y maldecía al siguiente, y así. En eso, viró a derecha en la Diecisiete y dos bloques después, a la izquierda. Mi carro estaba en la esquina. Ni me acordaba. Me apeé y él se despidió enseguida. Descansa cuando te mueras, me dijo el muy maricón.

Ni me molesté en contestar. ¿Para qué? Recojo el tique que tengo en el parabrisas del carro y arranco, desesperado por llegar a la casa. Nunca calculo bien el tiempo del parquímetro y me clavan un tique sin compasión. No sé ni cómo lo voy a pagar. Se me ocurrió que podía pedirle un adelanto a Sotolongo, pero al día siguiente mismo me entero de que lo mataron; no sé si como a un perro, pero lo mataron. Alguien me dijo que lo mataron mientras veía la televisión. No sé por qué, ni me acuerdo quién me lo dijo.

6

La vida es veneno. No siempre, claro. Pero a veces, cuando uno menos lo espera, se pone tóxica o por lo menos bastante difícil.

Yo estaba pasando por una mala racha. Primero se me rompió el Cadillac. A la semana, me dieron *layoff*. Perdí el apetito. Me puse flaco, ojeroso, demacrado. No quería ir al médico, podía ser algo malo. Para colmo, un día se me cayó también el tolete. Era la primera vez que me pasaba. Damaris trató de resucitarme, pero fue en vano. Mi carne no respondía. Estaba más muerto que vivo. Al cabo de muchos baboseos y masajitos, la pobre se dio por vencida. Se tumbó en la cama boca abajo, con la mano enterrada entre los muslos. Yo me quedé boca arriba, fumando y mirando al techo con una mezcla de ira y frustración. Al fin, Damaris se levantó y rompió el silencio.

-A ti te han hecho brujería —declaró.

No quise contestarle. Sabía que ella tenía una fe tremenda en los santos y no quería hacerle un desaire. La casa tenía un cuarto dedicado por completo a ellos, con altares, soperas, piedras, hierros, jícaras, toda clase de andaribeles. Damaris los saludaba todos los días haciendo sonar una maraca o un cencerro; a veces les hablaba, pedía por mí, por nosotros. Salud y desenvolvimiento. Yo no les pedía nada; tampoco los despreciaba. Ella me pidió un cigarro y se lo di. Marlboro, los únicos que fumo.

-¿Tú tienes algún enemigo? —me preguntó después.

-No sé, no creo —le contesté.

-Qué comemierda eres, Manny...

-¿Por qué?

-Mírate como estás -respondió- Pareces un foquin esqueleto.

Tuve que reconocerlo. Si seguía así, me iba a ir por el tragante. Tanta desgracia de pronto parecía cosa de magia negra.

-Todos tenemos enemigos —siguió diciendo Damaris- En el trabajo, en el barrio. Alguien que te tiene envidia, puede que por gusto. La gente es mala. Piensa bien, trata de acordarte. *Come on!*

Eché un poco de humo, me rasqué los sobacos, pero nadie me vino de inmediato a la mente. Todos mis enemigos, los verdaderos, habían quedado del otro lado del charco, sumidos en la tiniebla y la carroña. Del lado de acá, nadie envidiaba la poca suerte que tenía.

-¿Alguien te ha dado de comer algo? ¿Te han hecho algún regalo? —insistió ella.

Me acordé de que unas semanas antes me había tomado un par de Jáineke con Willy Baldomero, el mecánico, uno de los pocos que tenía confianza conmigo en el vecindario, pero enseguida le advertí a Damaris que era hondureño y no sabía de brujería, al menos de la brujería que ella estaba hablando. La mujer acababa de dar a luz en el Jackson, estaba feliz, quiso compartir conmigo, qué carajo.

-El que no sabe nada eres tú -dijo Damaris con exasperación- *God, you're such an idiot.*

-¿Yo?

-Ese hijeputa es el que te tiene así. ¿No te das cuenta?

-No digas eso, *baby.*

-¡Te ha matado hasta las ganas de singar, coño!

-No puede ser —le dije, pero ella se cagó en la noticia. Era una negra testaruda y muy desconfiada del prójimo, como casi todos los santeros. Se le metió entre ceja y ceja. Quería que me hiciera un ecbó. Yo me puse farruco.

-Hazme caso —insistió. Y yo que no.

Nos pasamos la semana entera discutiendo. Yo no tenía dinero ni ganas de arrancarle el pescuezo a un pollo; detesto la sangre y el olor a Kolonia 1800, pero cuando tropecé a la salida del márket y me fracturé un tobillo, me quedé sin argumentos. Además, me empezó a salir una erupción. Dos días después, estaba en casa de Santiago, un santero amigo de Damaris. Tuve que coger un taxi; yo andaba en muletas y él vivía en lo último de Westchester.

El apartamento olía a incienso y Lysol, más a Lysol que otra cosa. Había búcaros y flores por todas partes. Láminas egipcias baratas colgaban de las paredes. Un Sagrado Corazón. También un ojo enorme atravesado por un puñal.

Usted viene en mala compañía, me dijo Santiago enseguida que me vio. Yo no me di por enterado. Estaba demasiado deprimido y me dolían las piernas, no sabía dónde poner las cabronas muletas. Al fin, las tiré en un sofá que había en medio de la sala y me dejé caer al lado de ellas como un saco de papas.

-Un negro alto, mayor, vestido de blanco –siguió diciendo Santiago- Va con usted a todas partes y se queda esperando en la puerta. Cuando usted se va, él sale detrás de usted. No le pierde pie ni pisada. Excepto en el baño. ¿Usted sabe lo que es un guardiero?

-Francamente, no –contesté.

Santiago cabeceó un rato, pensativo. Después sacó un tabaco, le arrancó la punta de un mordisco y lo encendió. Me miró un rato sin decir palabra. Era un negro viejo y maricón, de muy buenos modales; tenía una melena larguísima de pelo postizo, pero le daba al tabaco como todo un macho. El aroma del puro se mezcló con el incienso y el Lysol; al cabo de un rato me entraron ganas de vomitar.

-Damaris dice que usted es muy cabezón –dijo él al fin entre bocanada y bocanada- Por eso está como está. No tiene paz ni salud. Es un incrédulo. Muy luchador. Pero cuando parece que va a mejorar, todo se le vuelve sal y agua...

Me encogí de hombros. ¿Qué otra cosa iba a hacer? No podía ni hablar. La erupción me cubría los dos brazos y parte de la espalda. Mi vida era un desastre. Casi me había convertido en una mancha.

Santiago me invitó entonces a un cuarto que tenía arriba. Casi me tiene que cargar, las muletas y el yeso resbalaban en la escalera.

A la entrada había una figura de un negro, toda de madera oscura, casi tamaño natural, vestida de guayabera y pantalón de caqui. Se llamaba Serafín. Santiago nos presentó; me pidió que le regalara algo para la fuma, lo que pudiera, así que le puse al viejo un par de billetes de a veinte en el bolsillo de la guayabera. Después consultamos los cocos. Todos caían virados, en posiciones terribles, o peor aún, ambiguas. Santiago se estremecía cuando los veía desparramarse por el piso; volvía a tirarlos, pero el resultado parecía ser siempre el mismo: fatal.

-A usted le hicieron una gran injusticia una vez –dijo por fin, señalando una de las piececitas oscuras.

-Creo que sí –le dije- Estuve preso, pero eso fue hace mucho tiempo.

-¿Se puede saber por qué?

-Política –respondí.

-Alguien lo traicionó, lo denunció –dijo Santiago entonces, apuntando a los cocos- Usted no tiene suerte con las mujeres, no le duran... Los trabajos tampoco... Líos con la justicia... ¿Usted a qué se dedica?

-Bueno, yo vendía cable –contesté.

Santiago se estremeció otra vez. Creí que iba a advertirme contra aquel oficio tan ingrato, pero en lugar de eso me preguntó qué mensualidad cobraban por el servicio. Le dije que el básico costaba cuarenta pesos. ¿Por qué?

-Por nada —contestó- Tráigame mañana un pollón, una paloma blanca, un coco y cintas de varios colores. Ah... y también una camisa vieja. Usted no puede seguir así, tiene que hacer ecbó, romper con toda esa desgracia que le han echado encima, progresar, ser feliz con su mujer, ¿me oyó?

Después me dio una tarjetica con el nombre y la dirección de una botánica.

-El dueño es amigo mío —me explicó- Le va a dar un cinco por ciento discaun.

Afuera, hacía un calor del coño de su madre. La erupción me ardía y no me podía rascar; las muletas se trababan en la acera, el taxi se demoraba. No se veía un alma a esa hora en Berrou; sólo carros que pasaban y se alejaban a velocidad vertiginosa. Un infeliz trataba de venderles naranjas en la esquina de la 87. Ninguno le hacía caso. De sólo imaginarme a aquel guardiero que me seguía a todas partes, y que seguramente estaba ahora al lado mío, se me ponía la carne de gallina. No podía creer que Willy me hubiera hecho esa mierda, ni se me ocurría quién pudiera haber sido tampoco. El mundo está lleno de gente mala, es verdad, pero yo no le debía nada a nadie, y ciertamente no merecía la compañía de aquel espíritu oscuro.

-Tranquilo, papi —me dijo Damaris cuando le conté. Yo no podía creer que lo tomara con tanta flema. Después de todo, aquel negro fatídico habitaba desde hacía tiempo entre nosotros, se sentaba a nuestra mesa, compartía nuestras conversaciones, nuestros secretos, incluso nuestra intimidad...

Lo más difícil fue encontrar una camisa vieja, porque a decir verdad, yo no tenía mucha ropa en ese entonces. Todo mi ajuar me había costado demasiado sudor, mucho overtain, o era simplemente el producto de la más sentida caridad ajena. Tampoco podía prescindir de cualquier pieza. Damaris decía que yo era un tacaño; yo trataba de defender mis camisas a brazo partido. Al fin, nos decidimos por un pulóver gastadísimo, de color indefinido, que encontramos en el fondo de una gaveta. Damaris lo olfateó primero.

—Mmmm... Qué rico —murmuró, acariciando el pulóver con la punta de la nariz— Tiene olor a ti, a tu sudor, *it's just perfect!*

A mí no se me quitaba el guardiero de la cabeza. A veces, para no pensar en él, me encerraba en el baño. Santiago me había dicho que no entraba allí; por lo visto, era alérgico a la peste a mierda. Sentado en el inodoro, con la vista fija en las losetas rajadas del piso, lograba sentirme más o menos en paz. Pero al cabo del rato Damaris se ponía impaciente. "¿Qué coño haces metido en el baño?", gritaba. Empezaba a dar golpes en la puerta y a escandalizar hasta que me veía asomar la cara. Así, todo el santo día.

Cuando le expliqué que estaba asustado del guardiero, Damaris se echó a reír. Me aseguró que podía verlo y que aquel negro pendejo, por anciano y guapetón que fuera, no iba a amargarle la vida.

-¿Tú quieres ver lo que hago con tu muerto, eh? ¿Quieres ver? —me gritó a la cara.

-Damaris, plis... —empecé a decir, tratando de calmarla, pero no me dejó terminar.

De un tirón, con los ojos echando candela, empezó a arrancarse la ropa. Primero, el pulóver; después, la faldita de mezclilla. Al fin, se quedó en tanga y ajustadores. Era una negra hermosa, de tetas paraditas y culo empinado, pero yo ni cuenta me daba de eso. Estaba mudo de espanto. Cuando se desnudó completamente y me tiró la tanga a la cara, no supe qué hacer ni qué decir. Damaris soltó una carcajada extraña, casi de ultratumba, y empezó a ejecutar un baile febril, obsceno, en medio de la sala.

-¿Tú querías verme, guardiero, eh? —gritaba, agitando las caderas y proyectando la pelvis hacia delante- ¡Pues mira, cabrón! EAT YOUR HEART OUT, HIJOEPUTA!

Se meneaba en una mímica desfachatada del sexo, acariciándose los pechos y las ingles ante el espíritu inmundo que nos rondaba, sosacándolo con gestos y palabras que se hacían cada vez más grotescos y explícitos.

-Te vas a tener que hacer una paja, maricón —chilló- Vas a dejar tranquilo a mi marido, lo vas a dejar en paz, ¿me oíste?

Al día siguiente, le llevamos a Santiago el pollón, el coco, las palomas, las cintas y la camisa vieja. Santiago partió el coco en un montón de pedazos con un machete. Echó los trocitos en una jícara con agua de colonia y cascarilla.

-¿Usted sabe lo que es esto? —me preguntó. Yo le dije que no. La colonia se había vuelto un líquido blanquecino, salpicado de manchitas oscuras. El pollo cloqueaba dentro de un cartucho a pocos pasos de allí; a veces se agitaba un poco, pero después se tranquilizaba. La paloma, en otro cartucho, apenas profería un murmullo tierno a cada rato. ¿La tendría que matar?

Damaris me había asegurado que Santiago se ocuparía del pollo; yo nada más tendría que arrancarle algunas plumas y servirle un poco de sangre a la prenda. La paloma era para limpiarme; no le pasaría nada y con ella se irían volando todos los tormentos que me aquejaban. Yo no estaba tan seguro y me preparé para lo peor.

Al final, el ritual fue más rápido de lo que esperaba. Santiago me roció con ron y humo de un tabaco. Después, le arrancó la cabeza al pollo y me hizo ofrecerle sangre a su prenda, un amasijo de palos, clavos y caracoles que se me antojó siniestro. Luego tomó la paloma por las paticas y me la pasó por todo el cuerpo, de arriba abajo, entre las piernas, por la cabeza, sacudiéndola con fuerza de vez en cuando. Me fijé que la paloma tenía una chapita plateada en una de las patas. "¡Siá! ¡Siá cará!", gritaba Santiago. Yo creí que el pobrecito animal se iba a morir, pero aún tuvo fuerzas para batir las alas y emprender el vuelo. Los tres nos quedamos mirándola mientras escapaba por la ventana y se adentraba en el cielo azul, libre al fin pero cargada con todas mis penurias.

-Que así sea —dijo Damaris, santiguándose. Después de hablar un rato con Santiago, nos fuimos en un carro prestado.

Manejamos por todo Berrou hasta la 37. Allí tiramos por la ventanilla el cartucho con el pollo muerto, las cintas y la camisa vieja; hicimos izquierda y enfilamos para la Ocho.

-¿Quieres comerte una croqueta? —me preguntó Damaris cuando pasamos por el Versailles. Le dije que no y seguimos. Cerca de la 27 nos cogió un tranque. Pasamos como veinte minutos frenados por el tráfico.

-¿Tú ves al guardiero por alguna parte? —me preguntó Damaris cuando nos apeamos en casa.

-Yo no —respondí.

-Pues yo tampoco —dijo ella, y se echó a reír alegremente.

No sé si habrá sido el poder de la sugestión o algo por el estilo, o la tremenda limpieza que me hizo Santiago, pero empecé a sentirme bien enseguida. Me volvió el apetito, la erupción se me quitó, y al fin, al cabo de varios meses, pude dormir plácidamente. Damaris estaba impaciente, de vez en cuando me decía que quería echar un palito, pero yo todavía no tenía fuerzas. "Ay, *baby,* tengo el bollito echando candela y nadie que me la apague", se lamentaba a cada rato, apretando los muslos para que la viera. En eso, alguien me avisa de un trabajito; nada del otro jueves, una guarejaus allá por Hialeah, pagaban por la izquierda y no tenían permiso, así que empecé a hacer delíveri con ellos. De Hialeah para Westchester, de Westchester para el dautaunn, del dauntaun para Opa-Locka, después para la casa, manejando un van viejo y cargando paquetes, cogiendo sol. Me puse como un cañón.

Damaris me alimentaba bien. Caldo de gallina, bisté con papas fritas todos los días. También me daba ostiones crudos los domingos. Andaba siempre en blúmers y ajustadores en la casa, a veces en un bikini de playa, pero a mí no se me despertaba ese apetito. Pasábamos la noche entera viendo televisión; a las once, después del noticiero del 23, me tiraba en la cama y dormía como un tronco. En eso, una mañana me levanto con una erección descomunal, casi dolorosa. Se me salía por un costado del calzoncillo y traspasaba las sábanas implacablemente, como un cuchillo pidiendo carne. Era puro nervio, vena, músculo. Una verdadera columna dóricojónica. La negra me miraba, fascinada. Traté de esconder aquel artefacto infernal, pero fue imposible. Damaris se abalanzó sobre mí, no me dio tiempo a protegerme. Tenía una boquita privilegiada, muy resbalosa y caliente, y una lengua que parecía un rehilete. Casi me derramo enseguida, estaba desesperado, pero ella se detuvo a tiempo. Ven, métemela, me dijo, poniéndose en cuatro patas y meneando el culito. La atrabanqué por la cintura y se la clavé hasta la garganta. Qué coño fue aquello...

-Ay, *honey*, creo que me preñaste —me dijo ella después, con voz letárgica. No le hice caso. Cada vez que se venía como una yegua me decía lo mismo. Pero estábamos felices.

Dos días después me dieron un encargo urgente: tres paquetes que pesaban más que un matrimonio mal llevado. Venían envueltos en plástico, con letreros en chino, en inglés, en ruso. Me dijeron que era comida para animales o algo así. Coño, qué manera de comer.

Flague estaba brutal, no me dejaban avanzar. Cogí un atajo para escaparme por el Palmetto, pero estaba igual. Enfilé después por la 27 y me metí por un vecindario. Corté cerca de Leyún, me metí por una entrecalle y salí a la Ocho después, con menos tráfico. Por todas partes había carros rotos echando humo. Hacía un calor del coño de su madre. Miré de refilón la dirección: el negocio quedaba a la altura de la 69, capicúa. Después de muchas maniobras diviso el letrero "Columba Pigeons & Feed" y logro parquearme en un pedacito que quedaba cerca. La tienda estaba en un chopin con muy poco espacio, el van no cabía. Más carros que el carajo. Iba a tener que cargar los paquetes uno a uno, hasta un segundo piso. Fatalidad, como dice la canción.

En eso, mientras estoy echándome un paquete al lomo, miro al cielo y veo un espectáculo hermoso, casi mágico. Era una bandada de palomas blancas. Volaban en círculos concéntricos, cada vez más pequeños, con las alitas abiertas. Parecía que estaban formando una espiral, dibujando una figura curiosa en el cielo azul. Me quedé embelesado mirándolas. ¿De dónde cojones saldrían tantos pájaros bonitos? ¿Y en tan perfecta formación?

No me dio tiempo a extasiarme más. Un viejo ronco me hacía gestos y gritaba desde arriba, parecía apurado. La escalera estaba lejísimo, casi en el medio del chopin, y había que meterse por un pasillo. Subí aprisa, pero fue como si estuviera escalando el monte Everest. Para colmo, se me metió en el camino una señora, parece que venía de un médico. Se apoyaba en uno de esos burritos que el

Mediquer le da a la gente cuando se opera. Tropezó, me hizo tropezar, no sé cómo los dos no nos partimos la crisma.

-Coño, qué alto viven ustedes —le dije al viejo cuando llegué. Apestaba a ron barato y andaba en camiseta; seguramente estaba bebiendo desde que amaneció. Tenía nariz de alcohólico, se llamaba Simón. Coloqué el paquete en el piso y me pasé la mano por la frente. El sudor me corría hasta por las nalgas.

Simón me ofreció una soda y después me llevó adentro, a una azotea. Miré alrededor, estaba llena de jaulitas. Arriba, en el cielo, la espiral de plumas blanquísimas formaba una diana perfecta y una hilera recta, lineal, descendía sobre nosotros. Una a una, iban aterrizando, como aviones que regresan del combate. Ellas solitas se metían en las jaulas. De paso, cagaban y lo llenaban todo de mierda. Me acordé de la paloma con que Santiago me limpió. Era igualita. ¿Se habría muerto? ¿Adónde se habría llevado mi mala racha?

-Como ve, mi negocio son las palomas —me dijo el viejo entonces- Por eso vivo tan alto, disculpe.

-Un negocio de altura, ¿eh?

Los dos nos echamos a reír. Me agradeció que le hubiera traído los paquetes tan pronto. Era alimento para las palomas, unas semillitas que comen a toda hora, casi no comen otra cosa. Sin eso están perdidas, se mueren, me explicó.

Caminamos por la azotea inspeccionando el palomar. Yo escaché la lata de soda y la tiré en un safacón que había cerca. Me fijé que todas las palomitas tenían una chapita metálica en una pata.

-¿Eso qué es? –le pregunté.

-Para identificarlas –contestó Simón- Cada dueño tiene las suyas. ¿Ve?

Cogió una paloma con manos temblorosas, la sujetó y me enseñó la chapita. Era un número largo, como el de los carros. Después, la soltó. La paloma echó a volar enseguida y se perdió de vista.

-No se preocupe –dijo el viejo al ver mi cara de asombro- Siempre vuelven. Tienen un sentido de la orientación extraordinario.

Ha de ser así, pensé. Tantas palomas juntas, enjauladas, prisioneras. La tentación de escapar tiene que ser grande...

-¿Vende muchas? –pregunté.

-Uf –dijo el viejo- Un montón, todos los días. Venga...

Me invitó a su oficina, un cuartico oscuro donde apenas cabíamos él y yo. Parecía una cámara de torturas. Había montones de revistas de pájaros y catálogos extraños por todas partes. Recibos viejos, cartas sin abrir. En la pared, un calendario con la Virgen de la Caridad. El aire acondicionado estaba roto, relegado a un rincón. El viejo se sentó a una mesa que había en el medio de la oficina, abrió una gaveta y sacó una botella; después, un par de vasitos plásticos.

-Perdón, ¿le apetece un traguito? Tengo la garganta un poco seca.

-No, gracias, mayor —le dije- Tengo que manejar.

-Ah sí —repuso, y se sirvió dos líneas de ron. Después me dijo: Usted se ve responsable y cumplidor. La juventud ya no es así.

-Desgraciadamente, no —dije.

-¿Usted vino hace poco?

-Casi un año —respondí.

-Se nota —dijo el viejo.

-¿En qué? —me había picado la curiosidad.

-En nada. En todo —el viejo se echó a reír y se espantó las dos líneas de ron de un solo golpe. Empezó a toser, creí que se iba a asfixiar. Cuando se repuso me dijo: No crea, es un negocio difícil. Si no fuera por la religión...

Me quedé esperando un sermón sobre el consuelo del más allá y sus recompensas. No hubiera sido la primera vez, ni la última. La gente me ve cara de santurrón, o lo que es peor, de comemierda. Dondequiera que llego, siempre alguien me quiere convertir. Me regalan biblias, rosarios, Atalayas; después, me piden una donación.

-La gente cree en muchas cosas, amigo —dijo el viejo entonces- A veces, cuando pasan por una situación difícil, les parece que se pueden librar de sus desgracias pasándose una paloma por el cuerpo. La paloma recoge toda su mala suerte y se la lleva volando lejos, muy lejos...

El viejo unió las dos manos e hizo un gesto ondulante con los dedos, simulando unas alas. Luego soltó una carcajada.

-Usted diculpe –dijo enseguida- No sé si es creyente.

-Yo no creo en los santos, pero los respeto –contesté. El viejo se encogió de hombros.

-Yo no creo ni en la madre que me parió –declaró- En lo único que creo a estas alturas es en el billete. Cada vez que alguien se va a hacer una de esas limpiezas, compra una paloma, y cada vez que alguien se limpia, la paloma vuelve derechito a su palomar, es decir, aquí. Es un negocio redondo, brode.

Guardé silencio un momento y después le dije que todavía me quedaban un par de cajas por subir.

-Es verdad –dijo él viejo- No lo interrumpo más, usted tiene que hacer.

Bajé la escalera como un bólido, atravesé el parqueo y antes de abrir la puerta del van volví a ver aquella linda bandada de palomas, todas volando en círculo, en formación perfecta, listas para aterrizar. Tuve que apartar la vista, el sol casi me cegaba. ¿Cuántas desgracias estarían cargando aquellas aves? ¿Qué malas rachas llevarían en sus alas? ¿Cuántas veces tendrían que volar antes de morirse, de limpiar a tanta gente, de aliviarlas de sus penas...?

7

Quedamos en vernos a las nueve en punto en el parqueo del Versailles, pero eran las diez y todavía no asomaba. Cada vez que aparecía un carro, me acercaba y miraba, para ver si era él, pero no. Los choferes subían las ventanillas, pensando que los iba a asaltar. Hacían bien. Aquí hay mucho delincuente y asesino; hay que cuidarse. Al fin, me entró hambre y me cansé de esperar; pensé que no iba a venir.

Fui hasta la cafetería y pedí par de croquetas y un batido de mamey. Había un montón de gente; no se querían separar del mostrador, hablando y hablando. Es lo que hace la gente allí a toda hora. Hablan y hablan; a veces se enredan a puñetazos. Después, se arreglan. La sangre no llega al río. Todos son unos pendejos. Así que tuve que esperar. La niña que estaba atendiendo no daba abasto, la pobrecita.

-¿De qué las quiere? —me preguntó al cabo de un rato, lavando tacitas, dándole balleta al mostrador, botando borra de café en un tambucho.

-De jamón, mi amor –dígole.

Me quedé mirando para la Ocho entonces, como un bobo, viendo pasar los carros. Era de noche, pero hacía un calor del coño de su madre. No había más que hacer. Janguear y masticar croqueta, porque casi no conozco a nadie aquí; por suerte tengo pocos amigos. Pero en eso, veo que Caviedes se acerca caminando, no por el lado del parqueo, sino por delante, donde está el béiqueri y cerca del mostrador donde estoy yo.

Casi no lo reconozco. Estaba disfrazado, con una peluca negra y una gorra de los Yankees que le cubrían media frente, y unos espejuelos oscuros grandísimos; parecían parabrisas. Venía con la cabeza agachada, clavada en el pecho, casi sin mirar por donde iba.

-Hey, Caviedes —dígole

Pero él me pasa por al lado, finge no hacerme caso, y me dice después, muy bajito, de refilón, jorobando la boca: "Subuso, Manny, ven conmigo".

Lo seguí, pensando que era muy extraño, pero me acordé entonces de que Caviedes era así a veces, un poco misterioso. De día, se dedicaba a repartir revistas, periódicos, libros. Tenía un van viejo y enorme, despintado, todo remendado con alambres y parches. Lo usaba para trabajar. Por las noches y los güiquenes andaba por la libre, en tareas patrias, como él decía. Era un personaje: chiquito, trabado, cabezón, calvo... Creo que tenía un hijo jandicá. Alguien me lo dijo, pero no estoy seguro.

Lo había conocido meses antes, en un pari. En una casa de Coral Gueibo, si mal no recuerdo. Los presos políticos me iban a dar un premio esa noche; no sé por qué. Yo nunca he hecho nada, aparte de sufrir. Aquí siempre están dándole un diploma o un trofeo a alguien. Todos los días hay un pari, un banquete, un sepelio, una comelata, un acto solemne. Yo no quería, pero insistieron: Manny esto, Manny lo otro. Entonces, uno me dijo que allí podía encontrar clientes. No jodas. Nadie sabía del cable. Bueno, pensé. Va y escapo de La Sagüesera. Así que acepté. Guarebe.

Repartí tarjetas, hablé con un montón de gente allí, pero nadie mordió. Las mujeres me miraban asustadas; se llevaban las manos al escote, como si fuera a violarlas con los ojos, o a robarles las tetas. "¿Cable? ¿Cómo dice? Hable con mi esposo; él es quien sabe de esas cosas". Los hombres se echaban a reír; no me tomaban en serio. "Manny qué luchador eres, qué trabajador, coño, así se hace, verás como sales adelante". Pero no tenían tiempo de ver televisión, ni querían pagarla tampoco. Alguna gente es así: tacaña, miserable y timorata. Les cuesta darte de comer, pero se gastan el sueldo de un mes en un yin de marca o en un viaje a Cancún. Se las dan de usted, pero no llegan ni a tú. Son todos unos guanabí. Suerte que hay un Dios que todo lo ve.

En eso, estoy acabando de tomarme un mojito al fondo del patio, cagándome hasta la hora en que nací, y no viendo la hora de largarme de allí, cuando alguien me toca por el hombro y me dice: "¡Manny, cará! ¡Cuánto gusto! No sabes lo mucho que me han hablado de ti". Me viro y es él. ¿Quién coño le habría hablado de mí? Si nadie me conoce... Le pasé una tarjeta de guilletén, pero se la metió en un bolsillo sin mirarla. Después, me dio un apretón de manos colosal. Fuerte como un alicate o una de esas serpientes malas que hay en la selva. Creí que me iba a triturar los huesos.

-Coronel Caviedes para servirte, hermano –dijo.

No tenía pinta de coronel ni de ninguna otra cosa, pero me cayó simpático. Aquí mucha gente se pone los grados, el que más les gusta, aunque no militan en ningún ejército. Parece que tienen sicosis de guerra. Yo no; quiero ser un hombre de paz, pero a veces no me dejan. Nos dimos un par de buches y conversamos un rato. El pari se estaba acabando. En vez de bailar, algunos hacían payasadas ahora en medio de la sala. De cuando en cuando, Caviedes se ponía serio, me daba una palmada en el hombro y me decía: "Tú eres de los buenos, Manny, tú eres de los buenos".

Después de eso, nos vimos un montón de veces. Fue el único que se apuntó al cable, por cierto. Me hizo unos cuantos favores también. Una pieza para el carro, un cartón de Marlboro, cosas así. Me regalaba revistas viejas que no podía vender, o que se robaba; algunas de adultos. Jebas encueras en cuatro patas, mamando como terneras. "Vaya, Manny, para que tengas tema", me decía. Tremendo jodedor. Fui unas cuantas veces a los campamentos que tenía en los Evergley. Practicaban tiro, karate, lucha libre, campo y pista; era buen ejercicio, pero un día me cansé y no volví. El no se molestó por eso. "Tú eres de los buenos, sé que puedo contar contigo", me seguía diciendo cada vez que nos tropezábamos.

Entonces, me llamó una mañana de esas. Tenía que verme urgente, pero no me dijo para qué. Le expliqué que estaba apurado a esa hora, y era verdad. Tenía que hacerle tunó al carro; empezar el recorrido de siempre. Había gente que no pagaba; había que cortarle el servicio. Un enredo. El me dijo que por la noche, urgente. De todas formas, le pregunté para qué. Pero Caviedes se puso misterioso; me dijo que no hablaba de esas cosas por teléfono.

-¿Para qué, brode? –insistí.

-Manny, entiéndeme.

Al fin, después de muchas vueltas, quedamos en vernos a las nueve en punto en el parqueo del Versailles.

¿Nueve en punto? Omaygá. Ya eran las once y andábamos por un laberinto, detrás de la cafetería. Caviedes se lo conocía de memoria, parece. Nos metimos por la cocina llena de vapor y humo, y peste a comida sabrosa. Caviedes iba adelante, abriéndonos paso, recogiendo papitas, platanitos y frituras de las bandejas, saludando a diestra y siniestra. A veces, me tiraba una fritura y se comía otra; después, un platanito maduro, y así. Todos los cocineros, las camareras y los lavaplatos lo conocían a pesar de la peluca y los espejuelos.

Al fin, nos metimos por una puertecita, cruzamos una oficina pequeña y después salimos a un patio donde se amontonaban todas las sobras del aquel día en sacos plásticos, contenedores, tambuchos. Al fondo, parqueado debajo de una mata, había un carro viejo y larguísimo; parecía un tiburón. Nunca se lo había visto. Era un Dodge del 70 por lo menos. Más viejo y despintado que el van. Tenía la chapa colgada con alambres; casi no podía leerse. Caviedes se viró.

-Yo sabía que un día iba a tener que pedirte este favor —dijo entonces. Prendió un Marlboro y me tiró otro.

Se me cayó y lo recogí. Lo prendo y empiezo a fumar. Esa primera bocanada siempre me dispara; me gusta más que el resto del cigarro. Me pone sabroso, disí; no sé por qué. En eso, oigo un ruido extraño. Como un grito apagado, un gruñido. Hubiera jurado que era de un cochino, pero no sabía de dónde venía. Después, muy claro, oí un golpe, una patada. Y otra vez el gruñido: *Uhh... Uhh...*

Me friqueé, parece, porque Caviedes se sonrió burlonamente. Con un gesto de la cabeza me señaló el maletero del carro y después se echó a reír. Tenemos que hacer un delíveri, me dijo.

-¿Adónde? —pregunto.

-¿Tú sabes dónde están los indios? —díceme.

-Sí, lejísimo.

Era un poco más arriba, me explicó después, trazando un mapa en el aire: más allá de los indios, del casino, de los campamentos; en esa parte oscura donde la Ocho se convierte en la 41 y corre hacia el oeste, en medio de los matorrales y los pantanos y los cocodrilos. Me conocía ese caminito de memoria, aunque no había ido mucho por allí. ¿A quién se le olvida? He dado tanta rueda...

-¿Y para quién es el delíveri? –pregunté. Las patadas y los gruñidos seguían oyéndose. Ahora no paraban. *Uhh... Uhh...* Creí que la puerta maletero se iba a partir en dos.

-Tú tranquilo, Manny –dijo Caviedes- Sígueme despacito; no llames la atención.

Atravesamos Leyún en caravana. Pasamos el cementerio; después, la parte donde están todos los moteles, las mueblerías y las putas. Algunas gritaban de lejos: "Hey, *baby*", pero la mayoría seguía su camino, tranquilitas, calladas, pero meneando el culo. Podían ser policías, pensé. A muchos los cogen así, mansitos. Las ven caminando, se paran, preguntan cuánto cobran y ahí mismo les dicen fris y los ensalchichan. La verdad, no vale la pena.

A veces, el carro de Caviedes se me perdía; pero lo volvía encontrar dos bloques más alante, parado en una roja. Me hacía una seña y seguíamos en caravana. El tráfico crecía a esas horas. Toda la morralla salía de sus madrigueras, parece, buscando ron o bronca. Había que manejar con cuidado, protegiéndose de la maldad ajena. Se te meten delante, siempre sin hacer señal, ni les importa. Se llevan los estó, las rojas. Todas las noches matan a alguien o se matan a ellos mismos. Son unos foquin comemierdas, pero yo me sé cuidar.

Después, más allá de la 107, empezó la parte oscura. Parece que se olvidaron de poner los postes de la luz en esa zona. Caviedes hizo señal y me pasé a la derecha. La Ocho se estrechaba poco antes de los indios y del casino. Pendrí el radio, pero lo apagué enseguida. El Divino Walter Mercado estaba dando consejos. Bueno estaba yo para oírlo. Mi futuro es negro; eso lo he sabido siempre.

En eso, se me ocurrió que mejor me hubiera quedado en casa; tenía que levantarme temprano al día siguiente. Era un sábado, pero el jefe quería verme de todas maneras. Los cobros no iban bien, las ventas tampoco. Seguro me daba *layoff* o me mandaban a venderle cable a los negros. Y enigüey, ¿qué hacía yo por la Ocho a esas horas, persiguiendo fantasmas, buscándome problemas? ¿Y el delíveri? ¿Qué delíveri? Aquello me olía mal. Con tal que no fuera marimba o algo robado... Casi hago una U y me largo, pero no pude. Seguí pegado a Caviedes, atento a las lucecitas rojas de aquel Dodge viejo que Dios sabe adónde iba. Pasamos los indios y el casino, así que no la cosa no era para jugar bingo ni fajarse con los caimanes. Coño, coronel, ¿hasta dónde me vas a llevar?, pensé. El camino se hacía demasiado largo.

En eso, me doy cuenta de que empieza a desacelerar. Me acomodo a su velocidad. Ya casi no pasaban carros. ¿Qué coño iban a pasar? Estábamos casi en la jungla, entre los pantanos y tierra firme. Todo estaba oscuro, como la boca de un lobo. Veo que hace señas, a la derecha, y lo sigo, metiéndome por los yerbajos, bordeando unos matorrales altísimos, hasta que llegamos a un trillo ancho, de terraplén. Caviedes dobla y se mete por ahí; pensé que iba a desaparecer, pero no. El caminito es estrecho como una guardarraya, pero no es el fin del mundo. De todas formas, me friqueo; no sé adónde quiere ir a parar, hasta que veo un claro, un espacio redondito, sin matas, más adelante. Los carros se balancean un rato, avanzando sobre el terreno disparejo, medio pedregoso, y casi enseguida Caviedes se para, justo a punto de zambullirse en un canal.

Yo había oído hablar de los canales y hasta había visto algunos —negros, pestilentes, llenos de animales muertos- pero nunca me habría imaginado que había uno por allí. Caviedes se bajó entonces del carro y empezó a hacer visajes, como esos tracatanes que hay en los aeropuertos para dirigir los aviones. Agitaba las manos, los brazos, los puños. Parecía un rehilete, pero entendí que quería que me parqueara detrás de él, bien cerca. Cuando fui a apearme, corrió y me dijo que no apagara las luces. No sé por qué coño le hice caso; mejor me hubiera ido allí mismo, pero no. Soy un foquin comemierda. Dejé las luces y el motor prendidos y me quedé mirando.

-¿Qué traes en el maletero? —se me ocurrió preguntar.

Y en eso veo que Caviedes ha sacado una forifai no sé dónde. Seguro la tenía escondida atrás, entre el cinturón y las nalgas. Me la enseñó y se llevó un dedo a los labios, para callarme. Enseguida, empezaron otra vez los gruñidos y las patadas: *Uhhh... Uhhh...* Caviedes se echó a reír, abrió el maletero y lo alzó en peso; después, lo tiró sobre el terraplén y le apuntó con la pistola. Me quedé azorado: aquello parecía una momia, un cuerpo largo, flaco, entizado con teipe gris de pies a cabeza, con tres agujeritos para los dos ojos y la boca, nada más. Los ojos, aun a la escasa luz de los faroles, me miraron con un horror suplicante. Eran negros, bordeados por venitas rojas, sangrientas. De la boca escaparon otra vez los gruñidos: *Uhhh... Uhhh...*

-Mira, coronel... —empecé a decir. No sabía para dónde iba aquello; tampoco me gustaba. Pero Caviedes no me prestó atención.

-¿Sabes quién es este maricón? —preguntó, dándole una patada a la momia y arrojándose sobre ella como una fiera. Le pegó el cañón de la pistola a la cabeza; creí que iba a disparar.

-Coronel, coño, no te vuelvas loco, aguanta...

Los ojos de la momia giraron, volvieron a mirarme. Nunca se me van a olvidar. *Uhhh... Uhhh...* El cuerpo se retorcía en el suelo como una serpiente.

-¿Te acuerdas de él? —me preguntó entonces, hundiendo el cañón en el teipe.

Claro que sí. A pesar del teipe, me había dado cuenta de quién era. Por el tamaño y los ojos que no dejaban de mirarme, suplicando, aterrorizados. Me acordaba; era de los campamentos. Brincaba los obstáculos como un lince, se ocupaba de recoger y limpiar las armas. Una vez lo vi arrastrarse debajo de una ráfaga de balas vivas. Era un campeón; todos lo felicitaban, hasta Caviedes. Los ojos aterrados de la momia volvieron a mirarme.

-Nunca se me escapa un traidor —dijo Caviedes entonces, acariciándole la cabeza con la punta de la forifai, muy despacito- Tanto tiempo con nosotros, haciéndose el zorro, oyéndolo todo, llevando la cuenta. ¿Para quién trabajas, modefoca? ¡Dime! ¿Para quién?

El coronel empezó a patearlo. Traté de sujetarlo, pero se zafó y siguió dándole patadas, furioso. Se le cayó la gorra; después, la peluca. Los espejuelos oscuros volaron lejos. La momia se retorcía, lo esquivaba a veces, pero después se rendía y se dejaba patear, gruñendo. Entonces, Caviedes se agachó y le hundió el cañón de la forifai en la boca. Los gruñidos ya ni podían oírse. Los cojones se me pusieron en la garganta, pero hice un último intento.

-Caviedes, deja eso, plis —le dije.

-¿Dejarlo? ¿Tas creisi? —rugió él- ¿Con tantas vidas que están en juego?

-No creo —dije- Además, puede ser federal.

-¿Federal? ¿¿FEDERAL?? —gritó, pegando un brinco.

La palabrita pareció ponerlo frenético. Me apuntó con la forifai; después, la viró para la momia. Los ojos le brillaban en la oscuridad, como en las películas. Nunca se me escapa un traidor, Manny, lo oí decir. ¡NUNCA! Después, me haló, me puso la pistola en la mano, y de golpe, volvió a hundirla en la boca de la momia.

-¡Suelta, coño! —grité. Pero no fue a tiempo.

De un tirón, me apretó el dedo y también el gatillo. El tiro se oyó hasta muy lejos, como un eco. Nos dejó sordos a los dos, con un pitido largo. La momia se estremeció, se retorció como un pollo, y enseguida, se quedó quieta. Demasiado quieta. La sangre se le iba por la nuca, poco a poco, como si fuera aceite. También los sesos, unas bolas gelatinosas. Nos quedamos mirándonos, con los ojos muy abiertos los dos, pero yo sobre todo. Nunca había matado a nadie, ni quería tampoco.

-Caviedes, brode... —fue lo único que se me ocurrió decir entonces. Pero él ya estaba en pie. Me había arrebatado la forifai y estaba agarrando a la momia por las patas.

-¡Vamos, hay que hacer el delíveri! —gritó.

Lo seguí con desgano. Cargué aquel paquete por los hombros, esquivando los chorros de sangre. No sabía ni lo que estaba haciendo. Lo metimos después en el maletero del Dodge y lo cerramos bien. Caviedes le quitó la chapa al carro enseguida. Después, se puso al timón, movió la palanca; salió y empezó a empujarlo. Al principio, le costó trabajo romper la inercia, pero en cuanto empezó a moverse, el carro se encaminó derechito al canal, de punta. Lo vimos hundirse poco a poco, hasta que no se le veía ni la antena. Unas burbujas asomaron a la superficie oscura. Caviedes se persignó; nunca pensé que fuera tan religioso.

-Nos van a joder, coronel —le dije. El se encogió de hombros.

-Esto es un cementerio, flaco —contestó- Nadie busca en los canales. Esto queda entre tú y yo.

-Lo van a encontrar —insistí.

-Jamás y *never* —dijo él- Vámonos.

Yo no podía manejar así. Todavía tenía sangre en las manos. No me las pude limpiar bien en la yerba; me temblaban un poco todavía. Caviedes se rio y se metió en el timón de mi Cadillac. Lo van a encontrar, volví a decirle; pero él no habló más. Arrancó, dio marcha atrás y no paró hasta su casa, un efíchen allá por Westchester. Nos tomó casi una hora, y cuando llegamos, Caviedes repitió: Jamas y *never*, flaco.

Me fui de allí enseguida. Quería bañarme, quemar aquella ropa, morirme, cambiar de identidad, qué sé yo. Pero lo único que hice cuando llegué a la casa fue lavarme las manos y ponerme a ver televisión. Dayanara ni me preguntó; la pobre estaba durmiendo ya. Trabaja como una bestia.

Estuve viendo televisión un montón de semanas. El noticiero del 23, el del Canal Cuatro, el del Siete, que siempre tenía a los muertos. Me sentaba a verlo todo con una Jáineke en la mano, y fumaba como un murciélago hasta que se acababan las noticias y empezaba la novela. Esperé y miré, pero nada. Nunca los vi sacar aquel carro del canal, ni a la momia tampoco. Pasaron los meses y jamás y *never* lo encontraron. Después, me olvidé del asunto. Y hasta el día de hoy.

8

Uno no sabe lo que tiene hasta que no lo pierde. Yo odiaba La Sagüesera a muerte y no veía la hora de largarme de allí. Era una verdadera cloaca. Gente sucia, ignorante, pendeciera. No los soportaba, ni ellos a mí.

Vivían como animales, hacinados en casitas donde imperaba la podredumbre, el desorden y la promiscuidad. Las mujeres carecían de pudor; los hombres, de respeto y honradez. Todos los días mataban a alguien: a tiros, a puñaladas, a botellazos, sobre todo a traición. No trabajaban, o trabajaban cuando les daba la gana. Se pasaban el día entero tomando cerveza y viendo televisión, pero ninguno quería el cable. Si alguno te veía afán de progresar, te enfilaba los cañones y te hacía la vida imposible. Te robaba el carro o se cagaba en la puerta de tu casa. Pervertía a tus hijos, les regalaba drogas para destruirlos. Eran unos singaos.

Yo volví a casa una noche, muerto de cansancio. Las rodillas se me doblaban, me dolía la espalda. No había desayunado, ni lonchado, ni conquistado un cliente tampoco. Hacía un calor del coño de su madre. Me llamó la atención que a esa hora Altagracia no estuviera cocinando. La ventana de la sala estaba oscura; también la de la cocinita. No se escuchaba el radio. Nadie me recibió cuando abrí la puerta. Todo estaba en tinieblas. Prendí la luz y se me heló la sangre en las venas.

El sofá y las butacas estaban virados al revés, los libros y los discos en el piso, el espejo del pasillo roto en mil pedazos. Faltaban el estéreo y el televisor de veintisiete de pulgadas. Alguien se había limpiado el culo con la cortina. La puerta del refrigerador estaba abierta, el teléfono tirado en el piso, pitando él solito. Coño.

En eso oigo de lejos la ducha, agua que corría, unos quejidos. Parto para el baño y me encuentro a Altagracia llorando debajo del agua. Tenía la boca partida, un ojo hinchado, un verdugón en la frente, parecía un boxeador. Estaba encogida como un feto y se mordía los dedos. No me dejó tocarla.

-¿Qué cojones pasó? —le pregunté.

Altagracia se echó a llorar primero; después, me contó.

Habían llegado temprano; dijeron que eran de la compañía de teléfonos. Un moreno, un blanquito. Tenían identificación. Ella no les abrió, pero enseguida forzaron la puerta. Eran como cuatro. Dos de ellos sacaron pistolas, otro un cuchillo. La empujaron hasta el fondo de la casa. Buscaban dinero, prendas. Le cayeron a pescozones, después le arrancaron una cadena. Uno le dio con la culata de la pistola en la cabeza y casi pierde el sentido. Revolvieron las gavetas, registraron el refrigerador y se comieron lo que encontraron. Después, uno de ellos le rompió el vestido y le dijo que abriera las patas, que se la iba a singar.

Altagracia era una dominicana muy bonita. Una mulata clara, de La Romana. Tenía treintipico de años, dos hijos, pero cuerpo y cintura de señorita. Se negó, pero la amenazaron con picarle la cara. Aterrorizada, la empujaron hasta el cuarto, la tiraron en la cama, le rajaron los blúmers y se le echaron encima como fieras.

Parecía gente rara, de presidio, de esas que no pueden gozar si no obligan a una mujer a hacer las cosas. La pusieron a mamar, después se la singaron. Uno la sujetaba, otro se la metía; los otros dos miraban como bobos y se castigaban.

A Altagracia le dio asco, vergüenza, miedo. Varias veces estuvo a punto de vomitar. Uno de ellos era jovencito, podía haber sido su hijo. Se reían de sus gritos, de sus arqueadas. Le echaban el caldo en la boca, apretándole las mandíbulas. O se la metían por el tubo de escape sin compasión. En un momento dado ella perdió el sentido, creyó que se estaba volviendo loca. Me veía a mí, veía a un novio que tuvo, a su otro marido. Se puso húmeda y febril, sin saber exactamente por qué. Después, uno la besó en los labios y ella le respondió. Al fin, empezó a menearse, no sabe cuándo. La clavaron muchas veces y después de un rato se vino como una yegua. Parece que le gusta, oyó a uno decir.

–Voy a llamar a la policía –dije entonces, pero ella no me dejó.

–¡No! –gritó, aferrándome por el brazo– No llames. Van a hacer preguntas, me da mucha vergüenza, no sé lo que hice ni lo que dije. Esos son unos vagabundos. Dios los castigará, ya verás.

–Casi te mataron, coño. Hay que llamar al menos al resquiu.

-No importa, déjalo así. Es mejor, Manny —me suplicó.

Miré a mi alrededor, todo el desorden y las cosas rotas. Me había costado mucho sudor armar aquel muñeco. Recuperarme iba a ser difícil, casi imposible. Mi mujer estaba hecha un guiñapo, la habían sometido a la peor de las vejaciones, y lo que es peor, le habían sacado la leche a la fuerza. Pronto tendría pesadillas y alucinaciones; yo también. Me entraron unas ganas tremendas de vengarme, cazarlos y matarlos uno a uno de un tiro en los cojones, como en la película de Charles Bronson, pero no tengo alma de justiciero ni de matarife. Soy un ser pacífico y trabajador, un simple vendedor de cable. Me puse de pie y dije: Vamos.

-¿Adónde? —preguntó ella, mirándome como si fuera un loco.

-Adonde sea —contesté- A Nueva York, a New Jersey, a California. Lejos de aquí.

Estaba hasta los cojones de aquella caterva de pervertidos y encuadrilladores. Quería verme en un ambiente sano, limpio, libre de tanta carroña. Fundar al fin un hogar y mantenerlo; trabajar, anivelarme, comprar una casita y un carro nuevo. Vivir tranquilo, tener tarjetas de crédito.

-A mí no se me ha perdido nada en el frío —Altagracia dijo con mucha tranquilidad. Se había puesto de pie y se miraba al espejo rajado del baño, palpándose las heridas y los chichones con gran naturalidad, como si fuera un maquillaje. Tenía las nalgas arañadas y el cuello lleno de chupones, un tajazo en la cintura. Se habían dado gusto con ella.

—Pues yo sí me voy, paque lo sepas —le dije con firmeza. Fui al cuarto y cogí dos pares de zapatos, unos yines y tres o cuatro camisetas. Era lo poco que me quedaba. Tampoco me hacía falta más. Volví al baño; Altagracia se me metió en el medio, me abrazó.

—No te vayas, papi, coño... —lloriqueó con su acentico medio oriental. Nos besamos un rato, llorando los dos, pero de todas formas me fui.

Eché la ropa en el maletero, me metí en el carro y bajé por Flague hasta el dauntaun; allí cogí por Bisquein hasta la entrada de la 95. No paré hasta dar con el Tompay. Tomé un tique en la caseta de los toles y le pregunté al empleado si por ahí se llegaba a Nueva York. *Yes, sir, all the way up*, me dijo.

Delincuentes, asesinos, estafadores, caimanes, pensé, mientras dejaba atrás las luces de aquel pueblo maldito. Manejé un par de horitas, casi sin parar. Al rato, me estaba quedando sin gasolina. Tenía el parabrisas sucio, lleno de polvo e insectos reventados; también tremendas ganas de mear. Divisé una estación de descanso. Era de madrugada, pero estaba abierta. Desaceleré y me metí allí.

Después de llenar el tanque, parqueé y me fumé un Marlboro. Me comí un McDonald's. Allí no había frita, ni pan con lechón, ni caldo gallego. Casi nadie hablaba español; sólo algunos turistas que te miraban con desdén y abierta desconfianza. No era para menos. Ellos venían de un mundo diferente, quizás violento, pero al menos civilizado. Aquí se sentían perdidos y vulnerables. Me senté a mirar algunos folletos turísticos que había dispersos en unas casillas:

Disneyworld, el Ratón Miquito, las playas, cocoteros, en fin, la Capital del Sol. ¿Y dónde está La Sagüesera? Qué farsa.

En eso, siento que alguien me toca en un hombro. Cuando levanto la vista me tropiezo con los ojos de una chiquita bastante linda de cara, trigueña. Pelo muy largo y lacio. Una indita. Me pregunta si hablo español y le digo que sí. Luego me pide una cuora para sacar un dulce de las máquinas. Por el acento parecía centroamericana o algo así. No debía tener más de veinte años. Le regalé un par de monedas, me dio las gracias y se fue. No tenía mal cuerpo.

Luego me la encontré casi a la salida de la estación, haciendo señas a los camiones. Me dio pena con ella. Se veía delicada y medio comemierda. Si se metía en una rastra, capaz de que le hicieran trizas el culo. Esos camioneros no creen ni en la madre que los parió.

Le di un par de pitazos; ella vino corriendo. Cuando vio que era yo, se sonrió. Le pregunté qué rumbo llevaba.

-Norcarolaina –me contestó.

-Por ahí paso yo, monta –le dije.

Se metió en el carro con una mochila grandísima, casi del tamaño de un niño de tres años bien alimentado. Se presentó, me dijo que se llamaba Luisa. Un placer, dije yo. Avanzamos un rato sin decirnos nada. Pasábamos rastras, camiones, pisicorres, guaguas de turistas. Yo la miraba de lado a veces, ella me sonreía. Al cabo de rato, de pronto, la oí sollozar. Desaceleré, me deslicé en la cuneta y paré el carro.

-¿Te sientes mal?

Me dijo que no, se secó las lágrimas con un klínex que le di, pero después volvió a empezar a llorar. Le pregunté si tenía familia en Norcarolaina o en cualquier otra parte; si quería llamarlos o necesitaba ir al hospital.

Me contó que tenía una amiga de la escuela en Norcarolaina. Se había escapado de su casa, no soportaba más las humillaciones. Su madre estaba casada con un americano que por las noches se colaba en su cuarto y se castigaba mirándola. Tenía que fingir que dormía, para no armar un escándalo. Cuando se le contó, su madre la abofeteó y la amenazó con botarla de la casa. No sabía qué hacer, ni sabía dónde estaba Norcarolaina siquiera.

-Más al norte —le dije— Como a once o doce horas de aquí. ¿Todavía quieres ir?

Asintió con la cabeza y partimos otra vez. A esa hora ya no había mucho tráfico. Yo le expliqué que venía huyendo también.

-¿De qué? —me preguntó.

Le conté lo que nos había pasado y Luisa se quedó horrorizada. Yo me volvería loca si me hacen eso, me dijo. No era para menos.

-¿Y usted los denunció, pues? —preguntó ella.

Me encogí de hombros.

—Mi mujer no quiso —le dije— Está medio loca. Por eso me fui. Aquí no hay futuro para el hombre decente.

—Qué horror...

—Tienes que cuidarte —le advertí entonces— No te puedes montar en camiones ni andar por lugares extraños. Aquí el pajero, el violador y el asesino en serie están que dan al pecho.

—Qué asco —murmuró.

Después de salir del Tompay, el trayecto se hizo más complicado. Había construcciones y desvíos a cada tramo. Aquí siempre están fabricando algo, o demoliéndolo; de eso viven los bandoleros. Construyen, rompen y construyen otra vez.

Llegar a Yaksonvil nos tomó siete horas. Allí dimos vueltas en círculos en una gigantesca circunvalación. Le pregunté a Luisa si sabía manejar; me dijo que no. En Yorya empecé a quedarme dormido, casi perdí el control un par de veces; no me quedó otro remedio que parar.

—Hay que buscar un motel —le dije— Estoy muerto, no puedo más.

Luisa me miró de soslayo, con un poco de desconfianza.

—Yo no tengo dinero, pues —me dijo con cautela.

—Yo tengo un poco, pero no mucho —dije. Me di cuenta de lo que estaba pensando, así que me apresuré a calmarla: Mira, yo puedo dormir en la butaca y tú en la cama. No te preocupes, ni te voy a mirar, no estoy para eso.

Dudó un poco todavía, pero después estuvo de acuerdo. Yo no le había dado razón para que desconfiara de mí, pero se notaba que era una criatura traumatizada. Sus razones tendría.

Al fin encontramos el dichoso motel; era el más barato, treinta pesos, parecía una posada, y lo era. Había rastras parqueadas cerca. La música *country* flotaba en el ambiente, como si fuera parte del clima. Guitarras, violines, zapateo. De vez en cuando, una mujer fácil estallaba en una risotada desde alguna habitación. Me daba mucha pena con Luisa, pero no tenía para más.

En el cuarto, me acomodé en la butaca y prendí el televisor. Noticias, deportes y temperatura, nada más. Por lo menos había teléfono. Luisa me dijo que iba a bañarse y yo me puse a buscar el número de un amigo mío en Yunion Ciri. Se había ido para New Jersey a los pocos meses de llegar, parece que le iba bien. Habíamos conversado un par de veces desde entonces y no se quejaba.

Llamé al número que tenía anotado en un papelito; una voz de mujer me dijo que Alejandro se había mudado. Le pregunté adónde. Me dio otro número. Llamé allí, pero me dijeron que estaba trabajando. Vuelve por la mañana, trabaja en una pizzería, me explicaron.

Luisa salió del baño muy cambiada. La ducha le había sentado bien; también el maquillaje. Fresca, arreglada y vestida de limpio, parecía toda una damita. No quise celebrarla, podía asustarse. Le pregunté de dónde era y me dijo que salvadoreña. Los dos nos pusimos a ver lo poco que había en la televisión. Luisa se sentó al lado de la butaca, en el piso, con las patas cruzadas. Seguía las noticias con mucha atención.

-¿Tú sabes inglés? –le pregunté. Ella me dijo que no. Después se echó a reír.

-¿Por qué me miras así? –preguntó.

-Nada, yo creí que tú entendías ese canal –le dije.

-Yo lo miro para que se me pegue algo. Alguien me dijo que era la mejor manera de aprender inglés –expliqué.

-La mejor manera que tienes de aprender inglés es buscarte un novio o un marido americano –le dije entonces.

-¿Yo? ¡Ni loca, pues! –exclamó. Parecía auténticamente ofendida, como si le hubiera sugerido la más vil de las traiciones.

No hablamos mucho más. Estaba cansado de oírle decir pues, pues, pues. Al cabo de un rato le dije que tenía sueño y apagué el televisor.

-Mañana tenemos que levantarnos temprano. Faltan unas cuantas horas para Norcarolaina. Hay que partir con la fresca –le dije.

Unos minutos después, los dos estábamos durmiendo, ella en la cama y yo en el butacón. Me quité la camisa y descansé los pies sobre un banquito. Dormí a pierna suelta.

Por la mañana, tempranito, desayunamos en una cafetería que había cerca. Servían huevos y embutidos fritos; también una harinilla blanca sin sabor. El café era clarísimo, parecía meao. Todo salió muy barato, a pesar de que aquello era un pueblo de campo y no había otro lugar a cien millas a la redonda. Los únicos marchantes era camioneros, gente transeúnte, como nosotros.

Me entendí con la camarera a las mil maravillas. Era una guajira vieja, gorda, de cachetes muy colorados. Me preguntó si mi novia quería más café; le dije que no. Luisa había devorado todo lo que le pusieron en la mesa, todo menos el café. Era lo único que dejaban repetir gratis.

Después, cargué el mochilón hasta el carro y lo puse en el maletero. Volvimos a montarnos en la 95. Manejamos un rato en silencio. Luego Luisa me preguntó si me había molestado que la camarera se creyera que ella era mi novia.

-Claro que no –le dije- Pero tú no eres mi novia. Mira, yo creí que tú no sabías inglés.

-Yo entiendo un poco, pues... –dijo.

-Parece que más de la cuenta –contesté.

Al cabo de un rato, nos acercamos a una zona de descanso. Le dije que íbamos a parar para fumar y estirar las piernas. Ella no fumaba, pero podía ir al baño, descansar.

-Bueno, pues –dijo ella.

No había un alma en aquel sitio y los baños parecían clausurados. No quise salir del carro.

-¿A ti no te molesta que fume? –le pregunté a Luisa.

-Oh, no, no –me dijo.

Cerré la puerta, encendí el carro y prendí el aire acondicionado.

-Milagro que no fumas –le dije al ratico.

-Mis padres no fuman, yo tampoco, pero no me molesta –dijo.

Le pregunté entonces adónde iba en Norcarolaina. La muchacha se sacó un papelito estrujado de entre los senos.

-Ese pueblo no está en el camino –le dije enseguida- Te puedo dejar cerca, un poco antes. De ahí tienes que seguir otra ruta. Hacia el oeste. Yo voy rumbo a New York.

Ella se guardó el papel otra vez en el escote. Después me dijo lo mucho que me agradecía lo que estaba haciendo por ella y cómo me había portado.

-Cualquier otro se hubiera aprovechado, pues –agregó.

-Es verdad –le dije.

-No tengo nada que darte, Manny, ni un centavo, no sabes la vergüenza que me da contigo –díceme.

-Está bien, cualquiera pasa por un momento difícil –contesté, tratando de consolarla, pero Luisa empezó a llorar otra vez.

Le fui a pasar un klínex, me acerqué un poco a ella para secarle los mocos y cuando menos lo esperaba me echó los brazos encima. Primero me dio un besito en la cara, pero enseguida nos empezamos a besuquear. Se había abierto la blusa, tenía puesto un ajustador rosado; sus pechos parecían unas manzanitas. Casi se los muerdo. Omaygá. Entonces, me aparté y le dije: Oye, no tienes que hacer esto, no hace falta.

—Sí, déjame —protestó. Tenía una boquita hambrienta, estaba acostumbrada al baboseo, pensé. Después, me empezó a abrir la portañuela. Apurada, torpe, como si quisiera terminar pronto.

—Basta —le dije, deteniéndola- Si no quieres, no lo tienes que hacer. No me debes nada, coño.

Fue a zambullirse otra vez, sabía lo que buscaba, pero la aparté.

—¿Qué coño es lo que te pasa? —le grité.

Luisa bajó la cabeza y empezó a lloriquear, muy bajito, casi no se le oía. Las lágrimas le corrían por los cachetes.

—¿Quieres empezar tu nueva vida mamando morronga en la carretera? —le dije entonces- ¡Te van a violar, te van a matar como sigas comiendo tanta mierda!

—¿Qué es una morronga, pues? —me preguntó ella, muy en serio.

—¡Ah! —exclamé, frustrado.

Arrancamos y no hablamos más. Hay gente que no tiene dignidad, ni la tendrá nunca. Creen que todo tiene un precio en esta vida, y puede que tengan razón. Yo tengo otro concepto. Ojalá me equivoque.

La dejé al fin en una parada de ómnibus, con algunas instrucciones escritas en inglés para llegar a su destino. Tenía que desviarse hacia el oeste, tomar dos carreteras distintas, una complicación. Le di también cinco pesos. Ten cuidado, le advertí.

Luisa me dio las gracias; después, un besito en la cara, y me dijo adiós.

Pocas horas después, llegué a la frontera entre Nor y Saucarolaina. Allí me tropecé con un lugar insólito, nunca había visto algo así. A la entrada había una torre con una especie de sombrero mexicano enorme en la punta, pintado de rojo y amarillo. Era un parque de diversiones o algo así. Me metí allí y me comí una chimichanga. Yo nunca había comido eso, me cayó bastante mal. Casi vomito.

Busqué un teléfono público y eché bastantes monedas; llamé a New Jersey y pregunté por Alejandro. Era él, tenía voz de sueño. Pero se despertó en cuanto le dije que iba directo para allá. Hizo un silencio y me dijo: ¿Tú estás loco, Manny?

-¿Por qué? —le pregunté.

-Porque sí —contestó- Esto es una mierda.

-Yo creí que te iba bien por allá —le dije.

-Me va más o menos bien, pero de todas maneras es una mierda —contestó- Parece que te pagan mucho, pero todo el dinero se te va en pagar renta y los abrigos. Todo es viejo, sucio. La gente tiene que mudarse lejos de los rascacielos. Manhattan es para los millonarios o los pordioseros. No se puede vivir allí. El frío y la nieve te matan.

-Tú no sabes... —empecé a decir. Quería contarle lo que nos había pasado, lo que le hicieron a Altagracia, pero no me dejó.

-Por nada del mundo te vayas de allá –me advirtió. Después, medio preocupado, me preguntó: ¿Dónde tú estás?

Le dije que en Norcarolaina, pero enseguida me desdije. No, es Sau, Saucarolaina. Bueno, en la frontera. Le empecé a hablar del sombrero mexicano gigantesco, de la chimichanga que me indigestó, pero me volvió a interrumpir.

-Date la vuelta –me dijo con firmeza- Vete, no vengas para acá, te lo aconsejo, brode.

-¿Pero por qué?

-Porque sí –insistió- Aquí se vive para trabajar. No progresas, no mejoras. Lo peor es la gentecita que te encuentras por aquí.

-¿Quiénes? –pregunté.

-Indígenas, bandoleros, sudamericanos, italianos, árabes, griegos –dijo- Los peores son los mexicanos; traicioneros y envidiosos. No nos pueden ver, ni nosotros a ellos. Es una bronca constante. Les molesta que tenemos papeles, nos superamos, que somos más inteligentes y ganamos más. Siempre se están quejando de algo. No les gusta este país, pero no pueden vivir sin él. Yo no los paso. Una vez, casi mato a uno. Los únicos que son buena gente son los boricuas, pero tampoco nos entienden. Viven en su mundo, casi todos en el Bronx. Te aconsejo que vuelvas.

Coño, pensé. Debo haberme quedado callado mucho rato, porque Alex me dijo: Manny. Creía que se había caído la comunicación.

–No, estoy aquí –le dije. Hablamos un ratico más y colgué. El teléfono se quedó con todas las monedas. No sabía qué hacer.

Primero llené el tanque; después, tomé rumbo a la carretera. Había dos sendas: una decía North y otra decía South. Lo pensé un poco. Al fin, me dije: Qué pinga, y me metí en la Sau.

Estaba anocheciendo. La 95 estaba llena de camiones, rastras y pisicorres. A cada tramo, acechaba la policía para poner multas. Usaban radar, catalejos, trampas de alambres. Si te ponías a comer mierda, te metían preso. Me pregunté si Altagracia estaría todavía en el apartamento o se habría ido a casa de una prima que tenía en Alapata. ¿Habría empezado a tener pesadillas?

No me quedaba nada allá; todo se lo habían robado los pillos, hasta mi alma. Lo único que me quedaba era aquel pequeño territorio donde por desgracia tenía que vender cable día y noche. La Sagüesera, un verdadero antro de morralla y salación, pero al menos poblado por un tipo de bestia conocida. Disparadores, chusma, forajidos, desheredados de la fortuna, pero desde que uno los ve, sabe por dónde vienen o adónde se van. Tenía que volver. De todas formas, ya estaba cansado de huir, de escapar, de perseguir quimeras, de fugarme. El frío no está en nada, pensé. Para el calor, está el aire acondicionado.

9

Aquí nadie quiere morirse; no sé qué les pasa. Todos se quitan la edad, se tiñen el pelo o se hacen cirugías plásticas. Comen poco, hacen mucho ejercicio. Nadie fuma. Evitan cualquier riesgo, o los calculan demasiado. Es un dolor. Meibi yo llegué a este país demasiado tarde, justo cuando se acabó la diversión, la jodedera, los jipis y el amor libre. Las mujeres no singan; sólo buscan relaciones significativas. Casi ninguna mama; les da asco, dicen que es degradante. Si les dices un piropo te quieren denunciar a la policía. Les gusta y les disgusta. Quieren pero no quieren. Es una relación de odio-amor con la morronga.

Temprano, se formó tremenda molotera en el barrio. Oigo las sirenas, los gritos. Alguien está gritando a voz en cuello: ¡Maricón! ¡Modefoca! ¿Con quién será? Me levanto de la cama otra y entorno las persianas para ver qué está pasando. Uno nunca sabe. En medio del edificio hay una piscina seca con un letrero que dice "Nade a su propio riesgo". Pero no; nadie se ahogó.

Entonces, veo que un par de policías se están llevando preso a Pepín, el hijo de Hortensia, que vive en el bílding de la esquina. Lo tienen bocabajo en la acera, agarrado por el pescuezo, mientras uno le pone las esposas. El pobre, es mongólico, tiene como quince años y es muy pero muy enamorado. Las niñas del barrio se pasan la vida tiseándolo; le pasan por al lado meneando el culito o se le sientan en las piernas. Parece que les hace gracia cómo se pone. Seguro perdió los estribos o hizo un mal gesto, qué sé yo. Ahora, termina en presidio, como muchos por aquí. Veo cómo se lo llevan, dándole pescozones; Hortensia detrás, llorando y suplicando. ¿Qué se va a hacer? Ahorita viene a tocar la puerta. Manny, por tu madre, llévame a la estación, ayúdame... No quiero ni pensarlo.

Después del alboroto, las niñas se han puesto a jugar en un cantero. Parecen muy inocentes, pero yo no me fío. Aquí la que no corre, vuela. Una tiene una tacita en la mano y finge que toma café, alzando el meñique muy finamente; otra viste y desviste a una muñeca. Son como cinco, todas de doce o trece añitos, algunas más sangaletonas. Saltan, se agachan, se caen, chillan. Andan en chor o en trusita. Es verano, no hay escuela y hace un calor del coño de su madre. Ya están echando cuerpo: tetas, nalgas, caderas, de todo... Y yo ni siquiera había tomado café.

En eso, suena el teléfono. Aló, respondo con mi voz de barítono.

¿Usted es el señor del anuncio? —me pregunta una mujer misteriosamente.

Por un momento, me quedo en babia. No sé de qué habla. ¿Anuncio? ¿Qué anuncio? Pero enseguida me acuerdo. Lo había puesto hacía meses en *El Clarín,* una sola vez, sin muchas esperanzas y en oferta especial por el Día de los Enamorados:

"Caballero romántico y trabajador de 34 años busca dama sincera para relación seria. Primero, amistad, y luego, Dios dirá".

-Ah, sí, soy yo –le digo en tono profundo, desinteresado, seductor- Pero fue hace tanto tiempo que ya no tenía memoria, señorita. ¿Usted se llama?

-Vanessa –me dice- Mucho gusto.

No sé por qué, pero aquí casi ninguna se llama Caridad, ni Berta, ni Margarita, ni Concha, ni Magdalena. Abundan los nombres rimbombantes, exóticos. Los sacan de las novelas o las películas. Después, salen en la crónica social. Debutantes, empresarias, quinceañeras. Todas se llaman Melissa Aldecoa o Brittany González o Kimberly de la Cruz o Heather Calderón. A mí me empezaron a decir Manny enseguida que me bajé del bote. Después, se me pegó. Todos me llaman así. Manny esto, Manny lo otro. Es un nombre bastante corriente, casi de marimbero, pero me tiene sin cuidado.

-¿Y usted a qué se dedica, si no es indiscreción? –me pregunta ella, entre una y otra cosa.

Yo vendo cable, le digo. Y ella: Qué interesante. Ni puta idea tenía de lo que era, pero le pareció interesante. ¿Y usted?, le pregunto yo.

-¿Yo? Divorciada –me dice. Pero inmediatamente se corrige: *I mean*, soy secretaria legal. Me divorcié hace cuatro años, jajá.

-Pues yo no me he casado nunca –le digo.

-Menos mal.

-¿Por qué? -pregunto.

-Por nada. ¿Tiene novia?

-A veces -dígole.

Yo estaba hasta los cojones de tantas preguntas personales, de tanto bulchiteo. Parece que ella se dio cuenta, porque enseguida cambió la conversación. Me contó que corría cinco o seis millas todos los días, comía poco, apenas alguna fruta, mucha fibra, y evitaba en lo posible las grasas. Levantaba unas pesitas pequeñas, tú sabes. Practicaba yoga. Jamás fumaba.

-Oiga, usted no se quiere morir –le dije.

-No, nunca –contestó, muy seria. Después, su tono se hizo menos optimista, más lúgubre y tristón.

Me confesó que desconfiaba instintivamente de los hombres; la habían defraudado muchas veces, empezando por su ex marido. Buscaba una pareja, pero estaba harta de mentiras, desengaños y promesas incumplidas. Quería una relación estable, seria, duradera, un hogar, hijos, un hombre seguro de sí mismo, qué sé yo. También mucho pero mucho amor, como diría Walter Mercado. Por cierto, ¿usted fuma?, me preguntó de sopetón.

-A veces –contesté. Enseguida me llevé la mano al bolsillo de la camisa. Hubiera dado el culo por un Marlboro en ese momento. Vanessa hizo un silencio sepulcral.

-Oiga –me dijo al fin- Usted lo hace todo a veces.

-Algunas cosas, no —contesté. Los dos nos echamos a reír. No sé por qué, pero a mí enseguida se me puso medio sarasa. Aquella chica Cosmo tenía potencial, pensé.

Vanessa no me quería dar el teléfono, pero después de mucho insistir, accedió. Me costó trabajo convencerla. Decía que había muchos hombres sinvergüenzas en el mundo, cosa que es verdad.

Hablamos largo y tendido. Se conducía bien, era agradable y locuaz, pero también un poco maliciosa. A veces se ponía romántica y me hablaba de lo mucho que añoraba los brazos y el calor de un hombre, tú sabes; cuánto anhelaba ser madre. Me daba cordel hasta donde le convenía, para enseguida cortarme el paso con un parón elegante cuando me propasaba un poco o le preguntaba algo demasiado íntimo. Sabía nadar y esconder la ropa; tirar la piedra y esconder la mano. Era una cabroncita.

Quedamos, al fin, de conocernos personalmente en su gimnasio. Yo traté en vano de que nos reuniéramos en el Yayo's, un lugarcito donde se podía comer y repetir un montón de veces, todas las que quisieras. Tenían de todo: lechón asado, carne con papas, masitas de puerco, cherna frita. No costaba mucho, unos cinco pesos. *All-you-can-eat*. Pero Vanessa me dijo que no podía ser; estaba a dieta. Insistió también en que dejara de fumar si quería colmar su corazón.

-Cada bocanada de humo que absorbes te quita dos años de vida —me dijo.

—Si fuera por eso me hubiera muerto hace rato —le contesté— Además, yo no tengo miedo a morirme; es algo muy natural.

Vanessa se echó a reír. *If you say so,* dijo.

Ella iba a un gimnasio bastante elegante que estaba en lo último de Kéndal, escondido dentro de un chopin. Tenían toda clase de máquinas: para fortalecer las piernas, el abdomen, los brazos, hasta el culo, aunque no le decían así. También había un yacuchi.

Era un gimnasio de hombres y mujeres, pero había más mujeres que hombres. Los hombres se pasaban el tiempo haciendo pesas, practicando abdominales, planchas, toda clase de flexiones dolorosas. Algunos se habían vuelto un amasijo de protuberancias musculares; caminaban que parecían gallos de pelea. Tampoco prestaban mucha atención a las mujeres, que se dedicaban la mayor parte del tiempo a dar salticos y alzar los brazos al son de una musiquita persistente y monótona. Al cabo de un rato, estaban sudadas y exhaustas. La ropita elástica se les pagaba al cuerpo. Se les marcaban los pezones, el ombligo, la canalita de la papaya. Los asistentes que siempre andaban trapeando o recogiendo algo por allí se les quedaban mirando a veces, haciendo cerebro. No era para menos.

Vanessa me sorprendió; tenía tremendo cuerpo. Yo me la había imaginado raquítica, pálida, medio nostálgica. No sé, cosas que uno se figura. Pero era altísima; tenía tremenda pechuga y el pelo teñido de rubio, como una artista. Con los ejercicios, el culo se le había puesto firme y redondito. Era también bonita de cara, bastante delicada, y tenía una mirada penetrante y curiosa. Me hizo pasar por todos los aparatos; después, me puso a hacer planchas. Sube y baja, sube y baja...

No duré ni media hora. En esa época yo padecía de un cansancio crónico, quizás porque me pasaba el día entero dando rueda, de aquí para allá, de allá para acá, vendiendo el cabrón cable. Al final, Vanessa casi me tiene que arrastrar hasta el yacuchi. El agua efervescente estaba llena de mujeres, amiguitas de ella, todas en bikini y conversando en secreticos. Pelos largos, bien cuidados, caras resplandecientes de salud. Parecían unas potrancas. Yo las saludé con mucho respeto, pero ellas se fueron casi enseguida, cubriéndose púdicamente con toallas de colores.

Vanessa me habló entonces de lo independiente que se había vuelto después de divorciarse, de lo mucho que valoraba su autoestima. Me agradecía todos los piropos que le decía (ay, gracias), y a veces hasta se ruborizaba, pero me aseguraba que sus mejores cualidades eran espirituales, invisibles y sólo podría descubrirlas con el tiempo. Si tú me dejas enseñártelas, agregó, con coquetería. Qué coño era aquello.

Yo nunca había tenido una novia así, linda, inteligente y secretaria. Me había pasado la vida sumido en un ambiente de absoluto relajo y despretigio donde la gente singaba por ver la leche correr, sin pensar mucho en las consecuencias. Camareras, criaditas, borrachas, putas era la único que había conocido hasta entonces. Así que casi enseguida me empecé a enamorar. Qué se va a hacer.

Paseamos después toda la noche. A Vanessa le gustó el Cadillac, decía que era un clásico.

-Se ve que viniste hace poco —sentenció, pasándole la mano a los asientos y el panel, la primera vez que se montó en él.

-¿Por qué? —le pregunté.

-Ya nadie maneja carros así, gastan mucha gasolina —respondió.

Yo bajé la capota. Hacía un calor del coño de su madre. Bajé por todo Coral Buey; después, me metí por Bríquel. Entonces, me monté en la autopista. Camino de Quibisquein había una playita que me gustaba. Yo miraba a Vanessa de refilón; ella me sonreía. Así sentada, se le veía la clase de muslazos que tenía. A veces trataba de bajarse la falda un poco, pero el tejido volvía tercamente a su lugar.

-Ay, no mires tanto. Me pones nerviosa —me regañó.

-No puedo evitarlo —contesté.

Al fin, llegamos a la playita, creo que se llamaba Crandonpar. Hice derecha y me metí en la arena y avancé un tramo corto, casi hasta la orilla. Apagué las luces y después el carro. Vanessa miró alrededor. No había un alma en todo aquello. Esperé un momento, traté de abacorarla, pero no se dejó.

-No te equivoques conmigo, Manny —me advirtió. Me quedé quieto en base. Después, parece que cambió de parecer, porque empezamos a besarnos. Poco a poco primero; en la cara, en el borde de los labios. Después, más jeviduti; apretados, sabroso. Vanessa me sujetaba las manos. No me dejaba tocarle las piernas. Si se me ocurría acariciarle una teta, me espantaba los dedos de un manotazo.

-Vamos –dijo de pronto, enderezándose en el asiento- Tú estás volao.

-Coño –le dije- ¿Tú eres señorita o qué?

-Es como si lo fuera –repuso- *God! We don't even know each other!*

Estuvimos discutiendo un rato. Luego, volvimos a besarnos. Las manos se me iban, pero ella tenía defensas insuperables. Después de mucho suplicarle, accedió por fin a hacerme una pajita. Creo que se compadeció, o pensó que era la mejor manera de neutralizarme. Sacó un pañuelito de encaje de no sé dónde y me empezó a frotar poquito a poco; después, más fuerte. Con la otra mano me controlaba; espantaba mis dedos, me mantenía a raya. Al fin, me vine como un toro. Sin querer, le mordí el pescuezo. Tremendo reguero de leche. Ella se limpió los dedos y las piernas inmediatamente, también el borde de la falda; luego, arrojó el pañuelito muy lejos, como si contuviera una substancia letal o un virus contagioso.

-Llévame a casa ahora mismo –me ordenó. No dijo nada más en todo el camino ni yo tampoco.

Después de aquella noche inolvidable y romántica, pensé que no la iba a ver más nunca, pero al cabo de unas semanas nos arreglamos y me mudé con ella. No completo. Llevé alguna ropa y dos pares de zapatos a su apartamento de Coral Gueibo; también pasta y cepillo. Dormía allí siempre, pero de mañana me iba para La

Sagüesera, al apartamento. Traté de venderle cable a algunos de sus vecinos, pero ninguno mordió. Hacían demasiadas preguntas, eran unos foquin comemierdas.

Aquí no me fumas, fue lo primero que Vanessa me dijo el día que me instalé en su casa. No le di importancia. Le aseguré que fumaría en el patio, para no contaminar la atmósfera. Después, los vecinos empezaron a quejarse. Tenían niños, eran asmáticos. Así que empecé a fumar en el carro, en la calle. En la casa me pasaba el tiempo mirando la caja de Marlboro, desesperado.

Vanessa me regalaba pastillas, frascos de vitaminas. Tenía que tomarlas a casi toda hora; a veces se me olvidaba cuándo. Las compraba al por mayor. Cada una servía para algo distinto: el cerebro, el corazón, el hígado, la próstata... De noche me preparaba batidos de distintos sabores, ninguno natural. Sabían a rayo, pero me los tenía que espantar. Casi siempre me daban diarrea.

A veces se tendía boca abajo en la cama, medio encueruza, y me pedía que le diera un masaje. Tenía que estimularle ciertas partes del cuerpo; lo había leído en una revista, creo. El cuello, los hombros, la espalda, la cinturita, la rabadilla. Puntos vitales. Le daba cosquillas, se meneaba. Al cabo de un rato a mí se me paraba la tranca y ella se molestaba. Se levantaba de la cama y se ponía a leer un libro. Vanessa era así.

Yo hubiera preferido que singáramos más a menudo, pero ella era inflexible en la intimidad. No es que no le gustara, pero para Vanessa el sexo era como una medalla, una especie de premio a la buena conducta o a un esfuerzo particularmente sobrehumano. Así que lo hacíamos casi siempre cuando yo me ganaba un comisión grande o ella bajaba de peso; también el día de mi cumpleaños. En esos momentos especiales ella quemaba incienso, prendía un montón de velitas y me esperaba tendida en la cama, salpicada de pétalos de rosas y leyendo el Kama Sutra.

Yo no podía dar ni un paso. De un salto, Vanessa emergía de su inmovilidad y se me trepaba encima; entonces se clavaba la estaca hasta las entrañas, y al cabo de un rato estaba meneándose, erguida sobre mí, y gritando: *YES! YES! YES!* Sólo así saciaba sus modestos apetitos.

Parece que también era medio racista. No sé, una tarde me había quedado dormido después de retozar un rato con ella (no mucho, una de esas raras ocasiones, al mediodía), y en eso me despierta una voz que dice: Qué grande y prieta la tienes; pareces un negro...

Era ella. Estaba arrinconada en la cama, cubriéndose protectoramente con la sábana, y mirándome la tranca con una rara fijeza. No era muy dada a eso; no me la miraba nunca, aunque se la metía. Me eché a reír.

-Aquí el que no tiene de congo, tiene de carabalí, muchacha – dije.

-Pues yo no –repuso ella, muy seria- No tengo de conga ni de carabalí tampoco. No te equivoques conmigo, Manny.

-Ah —seguí- ¿Me vas decir que nunca te has acostado con un negro? ¿Ni siquiera por curiosidad?

-Yo no —dijo con firmeza- Negros ni los zapatos, *baby*.

Mejor no tocar el tema. ¿Para qué?

Entonces, una de esas noches que estábamos echando un palito (creo que era el día de su santo), Vanessa me dijo: Espera, que te voy a enseñar algo. Yo me quedé pasmado. Había tenido que rogarle mucho para conquistar aquel privilegio y creí que se le habían quitado las ganas de buenas a primeras y que iba a enseñarme otro libro de yoga. Ella era así, volátil. Demasiado. Pensé que iba a tener que darle una cañona, pero lo que hizo después me paralizó.

-¿No lo sientes? —me preguntó, mirándome desde arriba con carita pícara.

Claro que lo sentía. Vanessa dilataba y contraía su bollito como un fuelle. Me comprimía el tolete, aflojaba; después, lo volvía a apretar. Se reía, hacía fuerza, arrugaba el entrecejo y luego soltaba una carcajada cuando me veía encogerme. La boca de aquella papaya se movía como si tuviera mandíbulas. Parecía un caimán. Por un momento, creí que me la iba a triturar.

-Coño —fue lo único que se me ocurrió decir.

Vanessa me explicó entonces que una amiga le había enseñado unos ejercicios especiales para fortalecer ciertos músculos. Aquello le permitía controlar las paredes de su vagina a voluntad. Era como un puño, una mano amiga, me dijo. "Me da tremenda autoestima". El marido de su amiga estaba encantado.

-¿Te gusta? —me preguntó.

Yo me mordí los labios, más por dolor que por otra cosa, pero cuando traté de convencerla de cesar aquella grotesca masticación, Vanessa se puso hecha una fiera.

-¡Cachoecabrón! ¿Así es como me pagas? —rugió- ¡Sal de mí, vete! ¿Qué coño hago contigo?

Trató de desclavarse, pero la sujeté por la cinturita. Me empujaba con las manos, con las patas. Yo no soltaba, quería quedarme dentro de ella a toda costa. Vanessa apretó entonces los dientes y contrajo los dichosos músculos. A veces conseguía clavarla hasta el tuétano, pero la presión terrible que ella hacía me hacía retroceder después. Yo suplicaba, profería amenazas, pero su resistencia era implacable. Jugaba conmigo, se burlaba. Me dejaba tocar fondo, para luego apretármela como un torniquete y obligarme a dar marcha atrás. Al fin, con tanto forcejeo, perdí la paciencia y escapé de aquella moledora de carne, por miedo a quedarme mocho.

Vanessa estalló en una carcajada triunfal, pero la alegría le duró poco. Empecé a frotarme, desesperado, mirándola como un demente, y cuando menos lo esperábamos, me vine a puros borbotones. Tremendo reguero de leche: en la barriga, en los muslos, en las sábanas...

-Shit! Look at the mess you've made —exclamó ella, mirándose como si la hubiera rociado con salfumán- *Son of a bitch!*

Corrió al baño. Se dio una ducha larga. Creí que nunca iba a salir. Después, sin dirigirme la palabra, se puso a la carrera un traje de dos piezas; se perfumó, tomó las llaves del carro y se largó. Miré a mi alrededor. La cama estaba en completo desorden; parecía un campo de batalla. Había un montón de pomos de pastillas sobre la mesita de noche. ¿Cuál me tocaría a esa hora?

A todas éstas, yo no sabía qué hacer. Aquello parecía que no tenía remedio. Me había portado como un salvaje. Así que empecé a recoger mis cosas; no eran muchas. Todo cupo en una bolsa plástica. Mejor así; andar ligero. Es una vieja costumbre de presidio, como lavar mis calzoncillos debajo de la ducha. No se me ha quitado, ni creo que jamás se me va a quitar.

Busqué después en las gavetas. Me faltaban unos calzoncillos, creo. Ella los guardaba en el chiforrobe, todos enrollados. Parecían unos choricitos. Se confundían entre sus blúmers, blúmers de todos los colores y formas. Entonces, vi aquello.

Estaba envuelto en un paño de terciopelo azul, discretamente apartado en un rincón de la gaveta, y casi lo paso por alto, pero cuando lo saqué me quedé friqueao. Guao. Era un consolador enorme, casi nueve pulgadas. Tenía una cabeza del tamaño y el color de una berenjena; negrísimo, violáceo. Venas protuberantes que parecían a punto de estallar. Apretabas un botón y enseguida empezaba a zumbar; apretabas otro y escupía buches de una crema espesa, olorosa. Enseguida, encendí un Marlboro y me senté a esperar.

Vanessa llegó al rato. Tenía cara de pocos amigos.

-¿Qué coño tú haces aquí? –me preguntó. Yo no dije ni esta boca es mía.

-¡Apaga el cigarro! –gritó entonces- Esta es mi casa, ¿me oíste? ¡Te vas ahora mismo, raynau!

No me moví de la butaca. Encendí un cigarro con otro y aplasté la colilla en un platico, tranquilamente. Entre mis piernas, en el piso y bien a la vista, había hecho un montoncito con todas las pastillas, las bolsas de los batidos... y el consolador. Cuando Vanessa lo vio, se puso pálida. Hizo ademán de agacharse, pero yo le puse una pata encima al susodicho artefacto. Casi le aplasto la mano.

-¡Suelta! ¡Eso es mío! –rugió- Te pasas la vida registrando las gavetas.

Me eché a reír y cogí el consolador. Parecía un juego de básket. Vanessa me gardeaba; yo le escamoteaba la pelota con agilidad. Ella daba salticos inútiles por toda la sala; yo me pasaba el consolador de una mano para otra. Derribamos una lámpara, casi me incrusto en el televisor.

Me puse a cuquearla entonces, dando salticos y zafándole el cuerpo: ¿Negros ni los zapatos, eh? ¿EH?

-¡Maricón! ¡Modefoca! –gritaba ella, hecha una fiera, porque había descubierto su secreto. En una de esas, trató de arañarme la cara. Tenía las uñas larguísimas y afiladas, pero la esquivé, muerto de la risa.

-Pajiza, enferma, descocada... Te gustan los negrones —le decía yo, sacándole la lengua. Vanessa me perseguía, como una niña a quien le hubieran quitado su juguete. Cuando me parapeté en la cocina, estaba llorando de rabia.

-¡Dámelo! —chilló. En eso, abrió una gaveta y jaló por un cuchillo. Era larguísimo y afilado. Dámelo o te voy a matar, coño, gritó.

-Oye, oye... —le dije para amansarla. Le tengo un gran respeto a los cuchillos; de sobra sé el daño que pueden hacer. Pero Vanessa no me hizo caso. Los ojos le echaban chispas, tenía el pelo alborotado. Parecía una demencial caricatura de ella misma. Nunca la había visto así.

Fui a pasarle el artefacto, pero no me dejó. La hoja del cuchillo traspasó el aire y se clavó en el mostrador de la cocina. Después, fue a dar en mi antebrazo y al calor de la peleíta casi no sentí la herida. El consolador salió volando y se precipitó en el piso. Empezó a zumbar, a expulsar buches de crema olorosa...

-¿Estás loca? —le grité, mirándome el tajazo.

Vanessa soltó una carcajada escalofriante y me fue para arriba otra vez. Por más que traté de huirle, me dio de refilón en la barriga. La sangre me empezó a salir a chorros.

-You scared, eh? You scared, ya little piece a shit? —decía— *I'm gonna kill you, ya wimp! I'm gonna cut off yer balls!*

Esta vez me lo quiso clavar en los cojones. Por suerte le vi las intenciones a tiempo y logré treparme al mostrador de la cocina. Cogí un plato y se lo rompí en la cabeza. Ella se tambaleó, con el cuchillo partido en la mano. Después, se recuperó y me fue parriba otra vez. Había sangre por todas partes; parecía que habían matado a un cochino.

—¡Ven! ¡Ven si eres macho! —rugía.

En eso, alguien echó abajo la puerta de una patada. Fue un ruido sordo, seco, repentino. Me lo imaginé: era la policía. Parece que alguien los alertó; estábamos gritando demasiado. Uno, un blanco altísimo, gritó fris y me apuntó con la pistola; el otro, un negrón, le fue encima a Vanessa y la desarmó. No sé si le habrá gustado. Los dos se quedaron mirando el consolador. Seguía zumbando en un rincón, en medio de un charco de crema espesa.

-This animal tried to rape me! —gimió ella, encogiéndose en los brazos del policía.

Yo creí que me iban a ensalchichar; no hubiera sido la primera vez, pero me llevaron en una ambulancia. Pasé la noche en el Yácson. A ella la esposaron y le dijeron que tenía el derecho a callarse la boca. No sé si obedeció.

El juicio duró poco, apenas un par de días. Yo no me hice ningunas ilusiones, porque en el mundo no hay justicia. El fiscal describió a Vanessa como una sicópata asesina, expuso ante los ojos azorados del jurado el arma del delito, todavía embarrada de mi sangre; también el consolador. Pero ella tenía un abogado buenísimo. Invocó varios precedentes consagrados, toda clase de síndromes. Al final, casi me meten preso. A ella le echaron seis meses de servicio, atendiendo viejitos y niños inválidos. Total.

Al día siguiente, volví al barrio con el brazo en cabestrillo. Los puntos de la barriga me dolían todavía.

Fina me puso al tanto de los acontecimientos enseguida. Era una vieja gorda, chiquitica, que vivía en el dos, casi a la entrada del bílding. Tenía un perro tan gordo como ella. Su hijo era el *manager*, un rascabucheador consuetudinario; lo había sorprendido varias veces mirando huecos, espiando ventanas, haciendo cerebro.

Fina estaba alterada. La ambulancia se acababa de ir, me dijo. ¿Nadie te contó?

-Hace tiempo que no bajaba por aquí —contesté. Metí la mano libre en un bolsillo para sacar la llave del apartamento.

-Esto fue horrible —dijo entonces- Stephanie está en el hospital; a Pepín se lo llevaron preso otra vez.

¿Stephanie? No me acordé enseguida, pero después la identifiqué: pelirrubia, ojitos verdes, pecosa, dientes saltones. Parecía americana, pero era hija de unos gallegos que vivían en el bílding de enfrente. No era de las que más provocaba al bobo, ni siquiera de las más pícaras del barrio, pero siempre andaba cerca cuando Pepín perdía la paciencia y se sacaba el tolete. Se lo miraba de refilón, como todas las otras, pero se lo miraba. Para eso lo tiseaban tanto, las muy cabronas.

-La pobrecita daba alaridos, pero nadie pudo oírla; estaba allá, en el placer, solita con ese anormal –dijo Fina, señalando un terreno lleno de hierbas y alacranes que quedaba en la otra esquina- A esa hora no hay nadie por aquí. Yo estoy durmiendo la siesta, figúrate, ¿qué iba a hacer?. ¡Ni tú andabas por aquí!

-No me diga que la reipeó –repuse, medio incrédulo.

-¡Que si la reipeó! –exclamó la vieja- Tuvieron que quitárselo de arriba con pinzas. Parecía un animal. No soltaba. Eran cinco hombres fuertes y no soltaba. Cuando al fin lo zafaron, el mal ya estaba hecho.

-Qué horror –murmuré, meneando la cabeza.

-Debían darle silla eléctrica, que Dios me perdone –declaró la vieja.

-¿Y como fue? ¿Ella se puso a tisearlo? –pregunté.

Fina abrió los ojos como dos platos.

-¿Tisearlo? –exclamó- ¡Pero si es un angelito! ¿Tú no la has visto?

-Todas se pasan la vida tiseando al bobo, usted lo sabe –me atreví a decir.

-Ella, no. No creo; es demasiado inocente –dijo la vieja- Ese muchacho es un monstruo. Y lo peor...

Me quedé esperando lo peor. Yo creía que lo que peor ya había pasado, pero no.

- ...lo peor es que la niña podría ahora quedar em-ba-ra-za-da. ¿Usted sabe lo que es eso?

Eso sí es grave, pensé, pero no se lo dije. Metí la llave en la cerradura, me despedí y cerré la puerta. Adentro, encendí el aire acondicionado y prendí un Marlboro; me dejé caer en el sofá. ¿Cuándo coño me podré mudar de aquí?, pensé.

10

El carro se me volvió a romper. No sé qué tenía. El alternador, el motor de arranque, qué sé yo. No arrancaba. Lo dejé en el taller, así que tuve que caminar. Hacía un calor del coño de su madre.

Yo me conocía ya esta ciudad como la palma de mi mano, pero me faltaba descifrarla con las suelas de mis zapatos. No podía. Aquí no se camina; se maneja a todas partes. El carro es como un carruaje, pero también nuestra fortaleza. Con toda la caterva de ladrones y asesinos que merodean por estas calles, hay que protegerse. Uno no sale del carro ni para cagar. Y cuando por casualidad se te rompe es como si te quedaras huérfano, o peor aún, inválido o desamparado. Es una foquin desgracia.

Así me sentía yo mientras subía por la Doce, rumbo a Flague. La gente y los perros me miraban; algunos se echaban a un lado, me abrían paso. No era para menos. Aquí sólo los ancianos y los locos peligrosos no tienen licencia de manejar.

A la altura de la Siete o la Ocho me tropiezo con un grupo de gente bien vestida, para variar. Los hombres, de corbata; las mujeres con vestidos largos, muy modestos. No quieren enseñar carne, pero algunas están buenas. Todos llevan unas revisticas en las manos. Son Testigos, se les ve. A cada rato, tempranísimo, me tocan a la puerta para decirme que el mundo se está acabando y viene el Magedón. Esta vez ni me miran; parece que me conocen o creen que estoy curado de espanto, váyase a ver.

Mi carro era un Cadillac. No fallaba a menudo, pero, como cualquiera, a veces se enfermaba y tenía que ir al médico. Un catarro, una bronquitis, un dolor de barriga, nada absolutamente malo o terminal. Era un buen *transportation*. Se lo compré a una señora mayor que lo tenía hacía once años; parece que le había cogido cariño. Era viuda, con el hijo en el Army. Estaba mal de la vista y no podía manejar. Antes de firmarme el título me hizo prometerle que lo iba a cuidar bien. Nunca le había faltado un cambio de aceite; cada seis o siete meses le revisaban las bujías, me contó. Yo se lo prometí. La señora se despidió del carro dándole una palmadita en el maletero, como si le dijera adiós a un viejo amigo. La gente es así, sentimental y romántica.

Yo no veía la hora de llegar a Flague. Me faltaba el aire y empecé a sudar. Raras veces andaba a pie y cuando lo hacía, me parecia que estaba en un lugar desconocido. Me perdía, me mareaba.

En eso, levanto la vista y veo una valla que siempre me ha llamado la atención. Es el Vaquero de Marlboro, con su silla de montar al hombro y un cigarrito colgándole de la esquina del labio; nunca se le cae. Está al pie de una montaña nevada y sonríe. Lo he visto en todas partes: en carteles, en revistas, en anuncios. Casi somos amigos. Venga adonde está el sabor, me dijo muchas veces. Así que vine. Aquí estoy, no me arrepiento. A veces me cago en su madre, pero de todas formas le agradezco la invitación.

En Flague me detengo en el cafetín de la Esquina de Tejas y pido un cortadito. Era casi un ritual. La niña que atendía me preguntó cómo lo quería y yo le contesté lo mismo de siempre: Oscurito y dulce como tú. Ella se sonrió. Tenía buen cuerpo, era jovencita, recién llegada. Seguro singa por dinero, pensé.

—¿Qué tal, Manny? —me dijo cuando le dio tiempo.

Yo le contesté: Aquí.

Aquello era también una parada de guaguas. Daba lástima. Había de todo: viejas operadas de cataratas, con unos espejuelos oscuros grandísimos; paralíticos, desempleados, vendedores de jugueticos. En eso, vi a un hombre que hacía señas y creí que era conmigo, pero no. Hablaba con el cielo; suplicaba, maldecía. A veces se volvía para un interlocutor invisible que tenía al lado y comentaba algo. Sabe Dios lo que estaba diciendo. No se le oía; sólo movía los labios y manoteaba. Con suerte, en cualquier momento se lo llevaba la policía. O lo acribillaban a balazos. Una de dos.

Al fin, llegué a la Doce, más muerto que vivo. Había un tumulto cerca de la licorera. Me pregunté por qué estarían protestando; aquí siempre están protestando por algo, pero después me acordé: había elecciones.

Un grupo estaba de un lado de la calle; otro, en la acera de enfrente. Todos con cartelitos y pancartas. Se gritaban cosas, a veces se insultaban. Creo que a algunos les pagaban cinco pesos la hora, pero no estoy seguro.

La campaña estaba reñida, parece. Había pasión. Unos defendían a Ferré, otros decían que era un bandolero. Yo simpatizaba con él; siempre me pareció un buen alcalde, y además, un caballero. Quizás me equivocaba. De todas formas, yo no podía votar.

De lejos, diviso entonces a Matancita. No pude leer lo que decía el cartel que llevaba, pero las mañas de presidiario no se le quitaban. Estaba manoteándole en la cara a alguien; se daba golpes en el pecho, pegaba salticos, como un gorila. En cualquier momento le rompían un palo en la cabeza. Por si acaso, me escabullí y crucé la calle. No quería que me fuera a ver.

Caminé un par de cuadras. Miento: fueron como seis bloques enteros. Llevaba los papeles del cable en el bolsillo de la camisa: órdenes de compra, recibos, tarjetas y el distintivo; no tenía otro lugar donde ponerlos. Con tanto ajetreo, se me podían sudar.

En eso, me encuentro de pronto entre flamboyanes, rosaledas, cercas con enredaderas verdecitas. Hasta el aire olía diferente... ¿Dónde coño estaba? Una cuadra después, me di cuenta.

Muchas veces me habían hablado de aquel barrio. Tanto, que ya ni me acordaba. Está al sur de La Sagüesera, apenas un poquito más arriba, pero es como de la noche al día: jardines bien cuidados, portales acogedores; casas grandes, amplias, limpias, con un par de carros nuevos a la puerta. Los niños jugaban al frisbi en los patios, las criadas uniformadas barrían las aceras. No había crápula, ni maleantes, ni rascabucheadores, ni vendedores de cable. Había llegado a los Rous. El único instruso era yo.

Di media vuelta y me metí por una callecita arbolada. Las ramas daban sombra y fresco. Yo nunca había hecho negocio allí, ni me interesaba. La gente satisfecha se cree que lo tiene todo, y con razón. Sólo compran seguros de vida o lotes en el cementerio; a veces un carro nuevo. Hacen obras de caridad y casi nunca ven televisión; están muy ocupados. Por eso nunca iba por ahí. Además, me caían mal.

De buenas a primeras, el cielo se empieza a nublar; despues tronó varias veces. Creí que iba a llover, pero no. El tiempo aquí es así, voluble como corazón de mujer. Seguí caminando. Las casas se fueron haciendo cada vez más grandes y bonitas. Algunas estaban a la venta; han de haber costado un dineral. Avancé un poco más, como tres o cuatro bloques. No vi un alma por todo aquello. Sólo algunas matas de coco y algunos tambuchos llenos de hojas secas. Tremenda desolación. Mejor me voy, pensé. En cualquier me momento me echan la policía. Pero de buenas a primeras, me dieron tremendas ganas de cagar.

No eran cagaleras ni calambres estomacales. Gracias a Dios no padezco de nada, mucho menos de la barriga. Era como una molestia, una presioncita en los intestinos. Nada urgente ni doloroso; simples y naturales ganas de cagar. Pero estaba lejos de casa, sin carro, aterrillao...

En eso diviso un portalito. Está envuelto en tela metálica, para espantar los mosquitos. Adentro hay dos sillones y un par de matas de arecas. La casa es antigua; se ve cómoda, pero no es enorme. El jardín, sí. Tiene un césped del tamaño de un campo de pelota y no está cercado. Hay de todo allí: un montón de marpacíficos, rosas y una hilera de azucenas blancas que bordea una acerita que va directo a la puerta. En el buzón, hay un letrero que dice "Peralta".

Yo nunca he sido amigo de cagar en casa ajena. Detesto los inodoros extraños, sobre todos los públicos, pero este lugar me da buena espina. Se ve que es gente limpia y ordenada. Me imagino que tienen un toile especial para la visitas, donde pocos o ningunos acuden a hacer sus necesidades. Una taza blanca, resplandeciente. Vender cable podría ser la excusa perfecta para vaciar mi vientre. Quizás conquiste también un cliente. Lo pienso un poco y al fin me decido a tocar a la puerta.

Apreté el timbre un par de veces. Tres. La campanita se escuchaba lejos, pero nadie vino a abrir. Después, vi que había una rejita lateral, otro camino que daba a un costado de la casa, a otro patio donde había varias matas de mango, y después, otra puerta.

Sin pensarlo mucho, me metí por allí. Por si acaso, me prendí el distintivo del cable en el cuello de la camisa. Uno nunca sabe, creí que era lo mejor. Me puse también un mocho de lápiz detrás de una oreja. Parecía más profesional.

Me tropecé entonces con un carro parqueado a mitad del camino, un Volvo negro, me parece. Largo, elegantísimo, con cristales oscuros, pero viejo. Había un montón de mangos regados por el piso, todos maduros, picoteados por los pájaros y las moscas. Dulcísimos. Me entraron ganas de coger uno, pero no me dio tiempo ni a agacharme.

-¡Quieto! ¡No te muevas, cabrón! —me gritaron.

Era un viejito flaco en silla de ruedas. Tenía unas cejas blancas enormes. Parecían aletas, casi le tapaban los espejuelos. Después, vi que me apuntaba con una Winchester de dos cañones. Me quedé friqueao.

-Mire, mayor... —empecé a decir, pero no me dejó acabar.

-¡Quieto en base! —gritó. Alzó la escopeta y me apuntó directo al pecho. Creí que me iba matar. Pero de pronto, no sé por qué, cambió de semblante.

-¡Gaby! —exclamó, con una sonrisa de oreja a oreja- ¡Gabrielito, coño! Eres tú. ¡Maylín, mira quien está aquí!

Yo no sabía qué decir. Me confundía con alguien, pero no valía la pena contradecirlo. ¿Quién sabe lo que hubiera sido capaz de hacer aquel viejo cagalitroso? Tenía que ganar tiempo. Me había convertido de repente en un impostor. ¿Podría escaparme sin que me acribillaran a balazos? En eso, llegó Maylín.

Era una criolla medio tiempo. Buena figura, pero mal cuidada. Andaba en bata de casa, despeinada. Salió por la puerta del costado hecha una exhalación, pero enseguida que me vio se dio cuenta de lo que estaba pasando. Se acercó al viejito por detrás y me guiñó un ojo. Sígale la corriente, pareció decir. Y yo, encantado. Del tiro se me habían quitado las ganas de cagar.

—¡Cuánto tiempo sin saber de ti, cojones! —dijo el viejito— Tu hermana y yo preocupados. Y tú sin llamar, coño.

—Es que... no pude... —tartamudeé.

Entonces, de pronto, el viejo se echa a llorar. A moco tendido, como un niño. La escopeta casi se le cae de las rodillas.

—Papá...

Maylín se puso a consolarlo. Le dio unas palmaditas, se inclinó y lo besó en la frente. Luego, me miró y dijo con mucho sentimiento: Ay, Gaby, qué ingrato y malo has sido con nosotros...

—Señora... —fui a decirle, pero ella me mandó a callar con un gesto. El viejo no paraba de sollozar y lamentarse. Daba lástima.

—Viejo, no llores —le dije.

Maylín se enderezó y vino directo para mí; me dio un beso en la cara y me pasó un brazo por arriba. Parecía genuinamente contenta.

-¿Ves que volvió, papá? —le preguntó entonces al viejo- ¿Has visto lo grande que está?

-Sí, coño —dijo él, secándose las lágrimas- Parece un roble. Bueno, tiene a quien salir, jajá.

Yo aproveché para decirle discretamente a Maylín que me iba, pero ella no me dejó. Quédese un ratico, por favor, me pidió en voz baja. Después, me tomó del brazo y me acercó al viejito. Yo la seguí. Total.

Me agaché y le di un abrazo a mi papá. Casi vomito. Apestaba a orine y sudor, una mezcla letal de amoniaco y grajo, pero resistí. No me quedaba otro remedio. El viejo todavía tenía la escopeta en las rodillas. Dando muchos rodeos, Maylín me explicó que no estaba cargada, pero yo no estaba tan seguro. El arma tenía un aspecto imponente.

-Señora... —volví a empezar. Ella me interrumpió.

-Gabriel, lleva tu padre a la oficina. Aquí hace mucho sol.

Empujé la silla por una rampita que daba a la casa y después la impulsé despacio por la sala. Era amplia y fresca, y tenía una chimenea de fantasía. Me gustó. En eso vi a una criada de uniforme que estaba pasándole una balleta a los muebles. Me miró con desconfianza; creo que me conocía, pero no se dio por enterada.

No hay peor cuña que la del mismo palo. El viejito estiró una mano entonces y sin mirarme le dio unas palmaditas a una de las mías. Gabrielito, cará, dijo.

Al fin, llegamos a una puerta grande y barnizada. Maylín abrió y entramos. Era una oficina con todos los hierros, muy acogedora. Tenía uno de esos ventiladores grandes de paleta en medio del techo. En el centro había un buró de madera sólida y labrada, con patas en forma de garras de león. Parecía un tanque de guerra. Todo muy impresionante.

Las paredes estaban llenas de diplomas y distinciones: de la Asociación de Contadores Públicos, del Club de Leones, de la policía, el copón divino... Los estantes estaban repletos de libros viejos y toda clase de copas y trofeos. También una foto de la farola del Morro. En un rincón, divisé un oso disecado, de pie y con las fauces completamente abiertas. Grandísimo. Parece que el viejo era cazador.

—Siéntate —le oigo decir entonces, con autoridad.

Maylín me miró y me volvió a hacer señas. Yo me senté en una butaca de cuero negro que había cerca.

—¿Quieren café? —preguntó ella.

—Bien fuerte —contestó el viejo.

—Voy a decirle a la muchacha que lo haga —dijo Maylín. Yo no podía creer que iba a dejarnos solos, pero enseguida se esfumó. El viejo se puso serio.

-¡Coño, Gaby! —dijo entonces, moderando el tono regañón de su voz para que no nos oyeran de lejos- Aquí entre tú yo, ¿dónde has estado metido? Tu madre se murió, yo me partí la cadera, mírame cómo estoy. Soy una calamidad. ¿Tú crees que ésta es forma de comportarse un hijo?

-Es que... No sé, me enredé... —fue lo único que se me ocurrió decir.

-¿Te enredaste? —dijo él, exasperado- La pobre Maylín se está volviendo loca. ¿Qué has estado haciendo tú? ¿Comiendo mierda?

-Estaba trabajando, viejo —me defendí.

-¡Trabajando! —exclamó- Tú nunca has trabajado en tu vida. Y yo, mira, me paso día y noche defendiendo esta casa.

Empuñó el escopetón y lo levantó, como una lanza.

-Suelta eso, papá, es peligroso —le dije.

-¿Soltarlo? ¿Tú estás loco? —preguntó, abriendo mucho los ojos- ¿Con todo los hijoeputas que hay por este vecindario?

Estuve a punto de darle la razón, pero el viejo me interrumpió.

-¡Al que se meta aquí lo mato, coño! —rugió. Se puso colorado y empezó a faltarle la respiración. Después, echó mano a una gaveta y me enseñó una caja con un montón de cartuchos. Todos eran de verdad y los cojones se me volvieron a poner en la garganta. ¡Los mato como a unos perros!, insistió.

En eso, el viejito se fijó en mi distintivo. No me sorprendió que le llamara la atención. Era chiquito, pero los colores resaltaban:

un rojo fuerte sobre un fondo muy blanco. SC, en letras grandes, dentro de una estrella de cinco puntas. Me preguntó qué era.

-Estoy vendiendo cable –le dije. Me pareció que no estaba de más. Tuve que explicarle enseguida lo que era. El viejo se quedó azorado.

-Coño, Gaby, eso es tremendo invento –dijo.

-Es verdad –repuse.

-¿Y ya lo patentaste?

-No es mío, papá... –empecé a decir, pero él no me hizo el más mínimo caso.

-Vamos a llamar al doctor Gutiérrez INME-diatamente. El maneja bien esas cosas. Tenemos que protegerte. Aquí hay un capital –el viejo decía, entusiasmado. Buscaba el teléfono, registraba sus papeles, movía la silla de un lado para otro. Tremendo capital, repitió. No quise decepcionarlo. Me daba lástima verlo tan entusiasmado. Pero de pronto, no sé por qué, el semblante le cambió por completo. El furor se desvaneció; también la luz de la razón, abriendo paso a un vacío abrumador.

-Viejo... –le dije entonces cariñosamente, pero él no contestó. Frunció el ceño, sus ojos me escudriñaron, como quien sopesa las intenciones de un extraño.

-¿Y tú quién coño eres? –me preguntó de sopetón. Después, empezó a dar alaridos, llamando a Maylín.

Ella llegó pronto, corriendo. Seguro pensó que yo tenía al viejo agarrado por el cuello, pero enseguida lo convenció de que iba a llamar a la policía. También se las arregló para sacarme de allí sano y salvo. El viejo ya me tenía apuntado con la escopeta.

Maylín me llevó a un saloncito que había en el fondo de la casa. Era una especie de floridarún. Tenía ventanales grandes y todos daban al patio y las matas de mango. El café estaba servido en una mesita. Me senté y me lo tomé de un tirón. Estaba bueno. Ella no probó un sorbo del suyo. Se quedó callada un rato, abanicándose con un periódico, y lo dejó enfriarse.

—No tengo forma de agradecerle lo que usted ha hecho hoy por nosotros —dijo al fin.

A mí se me ocurrieron unas cuantas, pero no se lo dije. Pudiera haberse ofendido. Me limité a mostrarle mi cara más amable y decir lo de siempre, es decir, boberías. No faltaba más, por favor, para qué estamos los seres humanos, etcétera, etcétera. Pero Maylín insistió.

—En serio —dijo, tratando de alisarse el pelo con una mano— Usted no sabe lo que Gaby significa para su padre. Usted no sabe.

Me dijo que el viejo había sido un contador famoso. Le llevaba los libros a un montón de negocios importantes: farmacias, ingenios, fábricas. Su hijo era toda su adoración. Quería que siguiera sus pasos. Puso gran empeño en educarlo.

—Lo mandó a estudiar al norte, a Europa. Le regaló dinero —me contó Maylín— A mí no me dio nada, pero eso nunca me importó.

El es así. Se le metió en la cabeza que las mujeres sólo servían para maestras de kindergarten y a mí no me gustaban los niños. Enigüey...

Yo me puse curioso, porque soy muy novelero. Estiré una mano, pedí permiso y me tomé su café. ¿Para qué dejarlo que se desperdiciara?

-¿Y su hermano? —le pregunté entonces.

-¿Mi hermano? —preguntó ella, como un eco. Creí que era conmigo, pero enseguida se respondió ella misma: Yo no tengo hermano, señor.

Luego se encogió de hombros, como quien se quita de encima una mosca molesta o ahuyenta un mal pensamiento.

-Se fue a California, a Francia, qué sé yo —siguió diciendo. Hizo una pausa y agregó: A los treinta años descubrió que era *gay*. Figúrese...

Maylín esperó un poco, observando mi reacción.

-Maricón —aclaró. Después, me pidió disculpas por la mala palabra.

-Hay quien nace con ese defecto —dije yo.

Ella se echó a reír.

-Eso no es defecto —dijo— Es sinvergüencería.

Los dos nos echamos a reír.

-¿Y nunca ha vuelto? —le pregunté después.

-Jamás —contestó ella- Ojalá que no vuelva nunca. Si su padre se entera de eso, le da un jaratá.

-Es verdad —dije yo. Después, le pregunté si nunca se había casado.

-¿Yo? —dijo Maylín, con expresión divertida- ¿En qué tiempo? ¿Usted está loco?

-Siempre hay tiempo para enamorarse —contesté.

Ella se puso colorada, pero no mordió el anzuelo, así que cambiamos de tema. Me preguntó si era vendedor y cuando le expliqué lo que vendía, pareció interesarle. En cuestión de minutos estábamos preparando los papeles.

Tuve que pedirle un bolígrafo; el mocho de lápiz se me había perdido. Yo le hacía preguntas, ella se reía; yo anotaba en la planilla. La criada pasaba a cada rato y me miraba con roña. ¿Qué se iba a hacer? En eso, oímos el ruido seco, repentino. Un estallido sordo que quebró el silencio. Maylín se puso pálida; después, se levantó, con una mano en el pecho. Yo me adelanté y corrí hacia la oficina. Abrí la puerta de un tirón y miré dentro.

-¿Qué pasó? ¿Qué pasó? —gritó ella. Venía atrás de mí, pero no la dejé mirar. Llama al nueve-once ahora mismo, le dije a la criada.

La policía vino enseguida, con la fanfarria de siempre: sirenas, luces, pistolas e insignias. Me pusieron contra una pared y me dijeron que no me moviera. Creí que me iban a ensalchichar. Después, fueron a la oficina y encontraron al viejo desplomado en la silla de ruedas, con la punta de la escopeta metida en la boca. Los perdigones le salieron por la nuca y fueron a clavarse en una pared, cerca del oso. Había sangre y cartuchos de escopeta por todas partes. Tremendo desbarate...

-¿Y usted qué hacía aquí? —me preguntó un detective.

-La señora es cliente mía —dije. El detective alzó las cejas.

-De cable —aclaré. Él tomó nota, pero no entendió bien. Tuve que explicarle lo que era. No pareció muy convencido. Me hizo varias advertencias y me dejó ir.

La criada me acompañó hasta la salida y cerró la puerta con tremendo gusto. Había que verle la cara. No me dejó despedirme de Maylín, ni siquiera darle el pésame. La señora está indispuesta, me dijo secamente antes de dar el portazo.

Afuera, empezó a llover a cántaros. Me metí una mano en el bolsillo, pero enseguida me acordé de que andaba sin carro.

11

Aquí el loco está que da al pecho. Uno trata de evitarlos, pero andan por todas partes: en las calles, en los parques, en la iglesia, por toda La Sagüesera. Cuando menos te lo esperas te salen al paso. Hablan solos, manotean, se comen los mocos, se botan pajas en plena calle; los he visto. Duermen toda la noche debajo de un puente y por la mañana aparecen en una esquina cualquiera, se cagan en tu madre y te van parriba con un cuchillo de cocina. Qué se va a hacer.

Sanabria no era así, el pobre. Siempre andaba asustado, hablando bajito, mirando para todos los lados, como si la muerte, o algo peor, se lo fuera a llevar de golpe. A veces se acercaba y me decía: "Manny, ya llegaron, están ahí". Yo le seguía la corriente. "Quieto, Sanabria", le decía. "Yo te cuido las espaldas". Se ponía yompi, pero nunca lo vi violento. Tampoco andaba mirándole la hija de quince años al vecino con una mano metida en el bolsillo. Estaba trastornado, pero era una persona decente.

No sé dónde perdió la razón, aquí o allá. Es difícil saber. Algunos ya traen un arrastre. Se queman allá, esperando, acorralados, o alguien los atormentó demasiado, les mató el alma. Otros llegan bien, pero después se enferman. La lejanía les carcome el sentido; lo extrañan todo, casa, familia, amigos. No se adaptan. Empiezan a hablar consigo mismos, o con Dios, que es igual. Un día oyen que alguien les contesta y allí se acaba todo vestigio de lucidez. Qué sé yo. Las malditas drogas también los devoran a veces, pero eso es porque ellos quieren.

Yo oí decir que Sanabria había estado un montón años preso; que sufrió mucho allá, perdió a toda su familia mientras lo tenían guardado. Puede ser. La cárcel es mala, sobre todo cuando no la mereces. Díganmelo a mí, que a veces me despierto bañado en sudores fríos. Ha de ser que he estado soñando, pero nunca me acuerdo de la pesadilla. Tampoco me empeño mucho en recordarla.

¿Para qué meter el dedo en una llaga tan vieja? Nunca se sabe lo que uno puede encontrar. Mejor no andar ahí.

A Sanabria lo querían mucho en el barrio. Vivía solito en un efíchen al fondo de un bungaló viejísimo, detrás de unos mangos. Creo que le mandaban un cheque del Güelfer todos los meses; no podía trabajar así. Además, estaba demasiado viejo. ¿Qué más iba a hacer? Andaba siempre con un balón de oxígeno a cuestas. Tenía unas rueditas para arrastrarlo y un tubito que él se encajaba en la nariz, para respirar mejor. A cada rato, cuando nos tropezábamos, me enseñaba el montón de medicinas que tomaba. Las llevaba en una bolsa grandísima, como una mochila: una para el corazón, otra para los bronquios, dos o tres para dormir, otra para los nervios. La gente se compadecía y le llevaban sopa caliente por las tardes; en La Ciguaraya le fiaban una completa de vez en cuando: arroz, frijoles y masitas de puerco. Le regalaban una soda también. Él pagaba los fines de mes con fudestán. A dos por uno. No se metía con nadie; era un infeliz.

De noche, a veces, se ponía a cantar, me acuerdo. Tenía un par de maracas. Yo lo oía de lejos. Boleros viejos, tangos para borrachos, guarachas de tiempo de España. La voz le faltaba, claro; se asfixiaba, pero tenía sentimiento. Algunos se molestaban; dicen que no los dejaba dormir. Se cagaban en su madre y lo mandaban a callar. La gente es mala. No saben lo que es llegar a viejo, estar solo en alma. Algún día lo sabrán.

En el barrio algunos tenían el cable ya. Trabajo me costó. Lo difícil era conseguir que pagaran. Les gustaba ver las novelas a su hora, claritas, sin interrupción. Gozaban de lo lindo con Cristina, pero cuando llegaban los biles se hacían los chivos locos y había que llamarles la atención. Casi me matan un día, pero Sanabria se interpuso. Pegó un brinco de no sé dónde y le dio el pecho al machete. "¡Con éste ni se metan, que es mi amigo!", gritó. Los ojos se le salían de las órbitas. Creí que se iba a morir. Le dio un ataque de tos y lo dejaron tranquilo. A mí también. Por eso le regalé un televisor.

Era chiquito, en blanco y negro, y cogía pocos canales, pero a él le gustó. Lo único que no le gustaba eran las noticias; se ponía nervioso con el noticiero. Una tarde me tocó a la puerta, temblando.

—¡Manny, están ahí! —gritó.

—¿Dónde, Sanabria? ¿Guajapen? —le pregunté.

Me llevó hasta el efíchen y me señaló la pantalla. Eran unos policías, todos vestidos de prieto, con cascos, máscaras, rodeando una casucha. Hacía horas que estaban así, en zafarrancho. Interrumpieron la novela para reportar. Alguien se había arrebatado cerca de Oquichobi. Se había atrincherado en su casa con un machete, un par de latas de leche condensada, y se negaba a salir. Nadie conseguía hablarle, ni el alcalde. Iba a terminar mal.

—Tranquilo, Sanabria —le dije— Eso no es aquí, no es La Sagüesera.

—¿Estás seguro? —preguntó el viejo, derrumbándose en el sofá. Tuve que conectarle el tubito a la nariz, para que no se ahogara.

Después, le prendimos una velita a Santa Bárbara. Tenía la estatuilla en un rincón de la sala, rodeada de manzanas viejas. Entonces, apagué el televisor.

-Avísame, Manny –me suplicó él antes de irme- Avísame si los ves.

-Claro –le dije- Yo te cuido las espaldas, donguorri.

No me sorprendía que el viejo anduviera siempre asustado. No era para menos. Estaba loco, pero aquí todos los días hay un combate. Uno que roba veinte pesos una tienda y se da a la fuga; otro que secuestra a los hijos y se atrinchera en una casa, o que se endroga y cree que puede volar, volar muy lejos. Hay que irlo a discutir a la azotea de un bílding. Y si no obedece y baja por las escaleras a las buenas, lo ametrallan allí mismo. Lo he visto pasar muchas veces en el noticiero de las seis y media. Llegan armados hasta los dientes en sus carros blindados, rodean una casa y se sientan a esperar. Y cuando les dan la orden, atacan. Nadie escapa con vida. Por eso no me gusta ver televisión.

Zenaida me reprochaba a veces aquella amistad. "Ese viejo es malas noticias", me decía. Ella era así. Siempre pensaba que me iba a pasar algo. Vivía alarmada, la pobre. Decía que yo me confiaba demasiado, pero no era verdad. Ella se iba temprano a trabajar al discaun y me recordaba que el amansaguapo estaba detrás de la puerta, por si alguien venía a robar. Pero aquí si alguien quiere llevarse lo tuyo, espera a que salgas a trabajar o hacer una diligencia. Se meten en tu casa y se llevan todo lo que te costó tanto esfuerzo reunir. Cuando llegas, te encuentras todo virado al revés y tienes que empezar de cero. No hay amansaguapo que valga, ni alarma, ni precaución, ni mucho menos justicia.

Los locos son otra cosa, claro. Sanabria era una excepción que confirmaba la regla. No sé por qué la maldad aflora en tantos de ellos. Quizás porque todos la llevamos dentro, como una semilla que crece cuando perdemos la razón o la vergüenza. Por eso ella les tenía tanto respeto, creo. Me contó que una vez, antes de conocerme, estaba cerrando la tiendecita tardísimo, después de las diez, cuando le salió al paso uno de esos dementes. Tenía los ojos inyectados de sangre y el tolete en una mano. Apestaba a alcohol y orine. "¡Mira como me tienes!", rugió. Se le iba a echar encima, quería reipearla; pero Zenaida lo espantó con una escoba y pudo cerrar la reja a tiempo. El loco se escapó, dejando atrás un tremendo reguero de leche. Ella estaba tan nerviosa, que no lo pudo identificar. Nunca le vio bien la cara. La policía cerró el caso sin averiguar. ¿Para qué investigar más? Además, la sangre no había llegado al río, gracias a Dios.

-Eso te pasa por estar enseñando ese cuerpazo –le dije, medio en broma.

-¿Cuerpazo? –preguntó ella- ¿Tú crees?

Se dio una vuelta para que le viviera las caderas, el culo. Ella era así, buena moza; le gustaba tisearme por gusto. Siempre andaba por la casa medio encueruza, en chor, en trusa, en brasier. Todos con una talla más pequeña, para enseñar más. Siempre se vestía sexy para salir también: falda corta, pulóver apretado, tacones altísimos. Era un peligro.

-Ten cuidado, que te voy reipear, yo soy medio cerebrista, te lo advierto —le dije, riéndome.

-Ay, *baby,* tú no tienes que pedir permiso, jajá.

A propósito de locura, una tarde de esas estábamos echando un palo sabroso y de repente Zenaida se puso seria, no sé ni por qué. Se quedó quieta, me miró, ya no se estaba meneando. Yo tenía la leche a flor de pinga para entonces; estaba desesperado, y le dije: ¿Qué? Entonces ella me dijo que yo ponía ojos de loco, estaba bizco, que no le gustaba, que qué me estaba pasando. ¿Qué tienes, Manny? ¿Te estás contagiando con el viejo ese?

-Coño, mami, ¿quién no se va a volver loco contigo? —le dije entre dientes, apretándola.

Ella se tranquilizó, parece, pero ya no fue igual. Se puso tensa, molesta; no se meneaba igual. Al fin, la viré boca abajo y le eché el caldo en las nalgas. Ella ni se movió; me dejó salpicarla hasta que me quedé seco y tieso. Después, se cubrió la cara con la almohada y se echó a dormir. Yo también. ¿Me estaría volviendo loco de verdad?, pensé antes de derrengarme a su lado.

Por las mañanas, tenía que prepararme el desayuno yo solo. Zenaida se iba muy tempranito y a mí me gustaba comer bien, y caliente si era posible: café, leche, tostadas, jugo de naranja, beicon. Tengo un hambre vieja; la vengo arrastrando de allá. A ella no le daba tiempo saciarla, tenía que abrir la tienda antes de que llegara el dueño y empezara a manosearla.

Esa mañana me dio por comer cereal también. Estaba partido, así que empecé a cocinar en cuanto abrí los ojos. Tenía todo el día por delante: cuentas atrasadas, quejas, búsquedas. La Sagüesera era demasiado grande y había un montón de clientes que no sabían de mí todavía. El jefe me daba mapas, teléfonos, listas de direcciones, pero yo siempre me perdía por esas callejuelas, entre tantos edificios, apartamentos, bodeguitas, o encontraba a la gente equivocada. Tenía que alimentarme. Fatalidad.

Después del café y los huevos me dio por fumar. Prendí un Marlboro y me eché en el sofá. El aire estaba a todo volumen, pero no se sentía. Hacía un calor del coño de su madre. Aquella salita era un horno. Miré la hora y pensé que iba a llamar enfermo; no sería la primera vez. Todavía estaba en calzoncillos. Podía dormir un rato y dejar el trabajo para mañana. Total. Seguro también llovía. En eso, me parece oír las gotas de lejos. Empiezan a caer poco a poco y salpican la puerta, el pavimento. Me paro y camino hasta la ventana, entorno las persianas, y entonces veo pasar a uno: lento, sigiloso, con una pistola en la mano, todo vestido de negro, con el casco tapándole la cara. ¿Qué estaría pasando?

Al cabo de todos estos años me he acostumbrado a ver la policía a toda hora. Este barrio está lleno de morralla. A cada rato vienen a llevárselos esposados: ladrones, estafadores, matarifes, mirahuecos. Por eso ni me preocupo. Conmigo no es, así que doy media vuelta, aplasto el cigarro en un cenicero, me sirvo otra tacita de café y me quedo esperando a que se forme el tropelaje. Pero no: todo sigue en silencio y me pongo a recoger. Los cojines del sofá, la basura del fregadero, los blumes de Zenaida, que siempre andan regados por todas partes. Después, tiendo la cama lo mejor que puedo; nunca he sabido doblar bien una sábana. Estoy de lleno en eso, cuando alguien toca a la puerta. Miro por las persianas y es Sanabria, con su balón de oxígeno a cuestas.

-Manny, están aquí –diceme, no bien lo dejo entrar.

-Quieto, Sanabria –dígole.

Tenía los ojos botados, estaba tembloroso, la baba se le salía en un hilillo por la boca. Miraba para la puerta con aprensión, como si un batallón completo fuera a entrar por ahí en cualquier momento. Nunca lo había visto así.

-Esta vez es de verdad, brode –dice.

-¿Seguro? –le pregunto.

-Seguro, Manny –contesta- Mira por la ventana, están ahí.

Por si acaso, miré. No eran muchos. Estaban regados ahora por toda la calle, hablándose por señas, armados de fusil, granadas y pistolas. De lejos, se oía la estática de los radios. Un carro blindado se había apostado en la esquina.

-Mira –le dije entonces- Lo más probable es que vinieron a buscar a Reinerio, el del 504. Siempre anda en malos pasos, vende de todo...

-No, Manny –insiste el viejo- Es por mí, brode. Míralos.

Para tranquilizarlo, corro un butacón y lo pegó contra la puerta, trancándolo contra la perilla de la cerradura. Después, empujo el sofá para reforzar. Sanabria trata de ayudarme, pero se aterrilla; enseguida se empieza a asfixiar y le digo que se esté quieto. Te vas a morir, le advierto.

Cuando vuelvo a mirar por la ventana veo que el panorama se ha puesto más negro afuera. Hay más guardias que en una guerra y todos los cañones apuntan hacia nosotros, no sé por qué. En este edificio hay maleantes, pero no tan malos como para que haya que darles caza de esa manera, y sin avisar. Así que me empiezo a inquietar. Puede que no fuera con nosotros, pero en un tiroteo siempre hay víctimas inocentes.

-¿A qué hora empezaron a llegar? ¿Te acuerdas? —le pregunto entonces al viejo.

-Tempranito, Manny, como a eso de las seis —dice Sanabria.

-Coño —dígole, y me voy corriendo hasta el fondo y empiezo a escarbar en el clóset.

Soy un hombre de paz y nunca he tenido esa manía de armas que tiene la gente aquí. Se compran pistolas, fusiles y hasta tanques de guerra, si pudieran. Yo nunca las quise, pero Zenaida me convenció una vez de comprar un chagón al menos. Era un escopetón viejo, de perdigones, de esos que la gente usa para cazar patos y conejos; pero para defenderse de cualquier saramambiche no tenía precio. Me costó veinte pesos. Al fin, lo encontré metido en una caja; lo cargué, lo ensillé y me lo puse al hombro, como hacen en las películas.

-Redi –le digo a Sanabria.

El viejo se había preparado también. No sé ni cómo, se había zafado del balón de oxígeno y ahora estaba apostado a dos pasos de la entrada, con el tanque en las manos, listo para entrar en acción. Cualquiera que fuera a entrar, lo mataba, estoy seguro. Ese tanque pesaba un montón; no sé cómo podía aguantarlo. Bueno, lo sé: estaba desesperado.

Volví a mirar por las persianas. Primero, me tiré al piso y me fui arrastrando hasta llegar a la ventana, impulsándome con los codos, como me enseñaron en los campamentos de los Evergley. Asomé los ojos con mucho cuidado y entonces pude verlos clarito. Se habían desplegado en un semicírculo y el carro blindado estaba más cerca, a escasas yardas de la puerta. Un cañón de agua grandísimo nos apuntaba. Los guardias se hacían señas, avanzaban. En la azotea del edificio de enfrente había un par de ellos; tenían fusiles de mirillas telescópicas. Los rayitos rojos de láser se filtraban por las ventanas. Eran finitos y corrían por el piso, los muebles, las paredes. Modefoca, me dije. Parece que la cosa iba en serio.

-*Come out with your hands behind your neck! This is your last warning!* –gritó alguien por un altavoz.

-¿Qué dice, Manny? ¿Qué dice? –preguntó Sanabria. Le faltaba el aire, hablaba como un asmático. Hizo ademán de tirarle el balón a la puerta, pero logré aplacarlo con un gesto.

Corrí entonces a proteger bien la puerta. No había de otra. Moví la mesita del comedor y la acomodé contra el sofá, para reforzar; después, el armario. Me costó trabajo; pesaba un montón, era de estilo y estaba lleno de porcelanas y los santos de Zenayda. Me persigné. Nunca había tocado sus cosas, pero estoy seguro de que iba a entender. Aquello era una emergencia.

-*Last warning!* —volvió a gritar la voz metálica por el megáfono. Después, se escuchó una ráfaga. Estallidos secos, amenazantes. Habían tirado al aire, pero ahora estaban listos para disparar sobre nosotros.

-¿Qué dice, Manny? ¿Qué dice? —chilló Sanabria, alzando el balón de oxígeno sobre su cabeza. Tenía el espanto reflejado en el rostro, como yo.

-Dice que te rindas —contesté- Que nos rindamos.

Sanabria me miró.

-¡Yo no me rindo, Manny, no me rindo, coño! —gritó entonces, con la firmeza de un soldado bravo.

Las manos le temblaban, el balón le pesaba demasiado ya; se le resbalaba. Podía verlo. Tantos años esperando a que vinieran, temblando de miedo, cuidándose, secreteando, y al fin, era verdad: estaban ahí, armados hasta los dientes, rodeándolo con un cerco de acero y dipuestos a acabar con él si era necesario, con tal de devolverlo a la cárcel, al sufrimiento...

Nunca pensé que mi vida fuera a terminar así, de manera tan inútil y en plena Sagüesera, ¿pero qué iba a hacer? Zenayda iba a entender. Miré de guilletén por las persianas y los vi acercarse más. Los fusiles apuntaban a nosotros, y sus malévolos ojos también.

Así que rastrillé el chagón y me coloqué en posición de tiro, de frente a la puerta. Al viejo se le aguaron los ojos y sonrió.

-Yo te cuido las espaldas, Sanabria -dije.

12

El muerto se parecía a mí. Coño, era igualito. Me di cuenta enseguida, cuando el médico levantó la sábana y vi aquella cara, idéntica a la mía, pero al mismo tiempo tan maltratada y diferente. Casi un esqueleto, con los dientes carcomidos y los ojos, todavía asustados, clavados en el techo. Muerto y vivo. Vivo y muerto. ¿Para qué voy negarlo? Me friqueé.

-¿Lo reconoce? —preguntó el teniente Nick Nieblas, mirándome, mirándolo.

Casi le digo que sí. El parecido era demasiado evidente para negarlo, pero aquella cita inoportuna en la morgue, a las diez y media de la mañana, tenía todas las trazas de una encerrona, y no estaba dispuesto a soltar prenda. Me llamaron para identificarlo. ¿Soguá? Punto en boca. Además, quería volver inmediatamente a La

Sagüesera; no estaba para perder tiempo. Había alarma de huracán y tenía que hacer un montón de diligencias. Así que tragué en seco y le dije que no, que no tenía la más mínima idea de quién era –cosa que era verdad- ni me interesaba tampoco. Creí que eso bastaría para liquidar el asunto, pero no.

Nieblas ladeó la cabeza, cruzó los brazos y me miró con expresión risueña pero suspicaz. Casi me echo a reír. Era un tipo pintoresco. Se había presentado antes con un fuerte apretón de manos, diciéndome su nombre, "Nick... Nick Nieblas", igualito que en las películas.

-¿No será pariente tuyo? –me preguntó.

-Yo no tengo parientes –contesté.

-Qué raro –repuso él- Casi todos tenemos parientes, un primo por lo menos. Después, me acompañó hasta la puerta, hablando de los achaques de su mujer –la vesícula o los riñones, no sé bien- y del terrible ciclón que amenazaba.

-Si pasa por aquí, va a ser como una aplanadora –dijo, golpeándose la palma de una mano con la otra. Al despedirse, me dio su tarjeta, por si me acordaba de algo. A mí se me olvidó decirle que a veces pierdo la memoria.

Lo que no se me olvidaba era el ciclón. No era seguro todavía que viniera, pero afuera el cielo estaba plomizo y el viento empezaba a soplar; no mucho, pero bastante. Brisa fuerte, impertinente que te azota la cara y te llena los ojos de polvo y mierda. La mierda de La Sagüesera y de casi todas partes. De lejos y de cerca. ¿De dónde vendrá el viento? Se mezcla en un remolino y te envuelve; parece que quiere llevarte, pero al fin te deja.

Arranqué el carro y prendí el aire acondicionado. Iba a tener que comprar velas, azúcar y bastante café. También algunas laticas de jamón prensado. Era suficiente para capear el temporal; lo sabía. Pero cuando crucé el puente de Flague me acordé de que había dejado el dinero en la casa.

Nunca me gusta andar con plata cerca de la policía; a veces son peores que los ladrones. Te acusan de cualquier cosa, te lo quitan todo, y encima, te ensalchichan. Ni te molestes en reclamar. Forguere. Inventan un cuento y se quedan con todo. Ni un recibo te dan. Así que me apeé cerca de la Doce, busqué un teléfono y llamé a Ildelisa para que fuera a hacer las compras, pero no estaba. El timbre sonó y sonó. En eso, empezó a llover. Omaygá, tremendo aguacero. Me guarecí en un garaje de Firestone que había cerca y me puse a esperar.

No soy amigo de hacer demasiados preparativos para los ciclones; me parece una pérdida de tiempo. De niño, cada vez que venía una tormenta, yo me perdía de la casa para bañarme en la lluvia y desafiar al viento. Nunca me enfermé, ni mucho menos me partió un rayo. Aquí estoy, vivito y coleando. Pero del lado de acá la gente es muy novelera; creen todo lo que dice el Canal 23 y enseguida que oyen hablar de un huracán abarrotan las tiendas y se apertrechan de alimentos y cachibaches como si viniera el Magedón. Entizan las ventanas, ponen cicloneras, cavan zanjas, amontonan sacos de arena en los portales, se visten de camuflaje. Son unos foquin comemierdas.

Otros colocan también mapas en las paredes y siguen paso a paso el rumbo de las tormentas, hasta que se cansan o la furia del viento los abate. O se meten en los albergues, temblando de miedo. Ponen a sus hijas de quince años a merced de los pajeros y los cerebristas que también se refugian allí. No se dan cuenta de que los huracanes van y vienen a su antojo. Son fuerzas erráticas de la naturaleza, como todos nosotros. La mayor parte de las veces ni siquiera tocan tierra por aquí, y entonces los muy imbéciles se quedan con los garajes llenos de vasijas de agua, linternas, colchas y un montón de pomos de mercurocromo. Sus hijas quedan traumatizadas con todo lo que vieron o les hicieron. A los que se fueron de sus casas, a veces les roban todo lo que tienen; los dejan encueros. El remedio es peor que la enfermedad. Así es la vida. Y hasta el año que viene.

Nieblas me había llamado dos días antes para pedirme que fuera a identificar el cadáver. Yo no tenía ni puta idea de lo que estaba hablando. ¿Cadáver? ¿Qué cadáver? No me supo decir, o no quiso, que es lo mismo. Los policías tienen la mala costumbre de hacerse los misteriosos, sobre todo por teléfono. Es su especialidad. Sólo me explicó que lo habían encontrado tirado en una playa, incrustado en los arrecifes, con mi nombre y dirección escritos en un pedazo de papel de cartucho que traía metido en un bolsillo.

-Un balsero —dijo- Seguro se perdió en el mar. A muchos les pasa.

-Oiga eso –le dije, pero por más que traté, no me pude zafar de aquel compromiso. Nieblas sonaba bonachón, pero era también implacable. Que si esto, que si lo otro. Insistió y tuve que ir.

Lo peor del caso es que no podía explicarme por qué aquel infeliz náufrago se parecía tanto a mí, ni por qué traía consigo mi santo y seña. Todos los días llegaba o se moría gente en alta mar. Me daba mucha lástima, pero no conocía a ninguno. No había dejado amigos allá, ni mucho menos familia. Cuando me fui, le hice la cruz a aquello. He andado solo por el mundo como un barco a la deriva, sin ancla ni tripulación. Perdido la mayor parte del tiempo, pero muy japi. ¿De dónde me había salido, entonces, aquel mellizo?

De buenas a primeras, dejó de llover. El sol salió también. El clima estaba loco, como siempre. Así que aproveché, corrí y me metí en el carro otra vez. Hacía un calor del coño de su madre; enseguida prendí el aire acondicionado.

Dicen que hay calma antes de la tormenta, pero yo no creo en eso. No hay indicios, ni signos, ni nada que se le parezca. ¿Calma? Siempre hay calma; es el estado natural de las cosas. Los desastres y las calamidades ocurren de repente, inesperadamente, y la mayor parte de las veces sin aviso. Cuando menos te lo esperas, del cielo te cae un rayo, te sale un cáncer o te viene a buscar la policía. Yo sé de eso; me ha pasado varias veces. Lo de la policía, quiero decir. Cáncer no me ha dado nunca, gracias a Dios.

Por si acaso llamé a Ildelisa otra vez, pero me dio ocupado. Coño, era como la una. ¿Con quién estaría hablando? Así que arranqué y doblé en la Doce. Después, subí directo hasta Coral Buey. En la Veintisiete hice otra vez izquierda, rápido. Me fui con la roja. El tráfico estaba difícil y casi me chocan, pero esquivé la camioneta a tiempo. Alguien se cagó en mi madre. Me gritó modefoca, me enseñó un dedo, para que me lo metiera por el culo; ni caso le hice. Tenía que comprar los féferes. Al menos unas cositas para apañarnos, si es que venía la tormenta. ¿Quién sabe por dónde andaría Ildelisa?

En eso, vi la tiendecita en una esquina. A veces me fiaban allí. También tomaban fudestán; era un marquecito de pobres. El dueño se llamaba Laborde; lo conocía hacía un tiempo; fue uno de los primeros en comprarme el cable. Doblé y parqueé enseguidita. No me costó trabajo. El chopin aquel estaba casi vacío a esa hora. Hay gente que prefiere las tiendas grandes, americanas. Yo, no. Me cuesta trabajo encontrar las cosas que quiero entre tantas laticas, tantos anuncios, cupones y mierda. Me vuelvo loco, es como si me quedara ciego.

Eché el café y las velas en una cestica plástica. Laborde me saludó: Hey, Manny, ¿cómo va el bisne?. Después busqué el jamón prensado. Estaba al fondo, cerca de los congeladores, en una hilera de latas idénticas.

-¿No vas a llevar un galón de agua? —me preguntó Laborde cuando fui a pagar.

-Mejor, sí —le dije, y fui a buscarlo. Cargué con un par de ellos, por si las moscas.

Afuera, cuando fui a llevar todo al carro, me topé de pronto con una cara conocida. Nieblas estaba sentado en la punta misma, encima del maletero, sonriéndose.

-Manny, cará –me dijo con mal fingido asombro.

Andaba con una bolsa de regalo a cuestas, adornada con lacitos colorados. Era una bolsa eléctrica, para los ataques de reuma de su mujer, explicó. Cumplían treinta años de casados. ¿Me habría estado siguiendo?

-¡Qué sorpresa! –díceme entonces.

-No me diga –dígole.

Nieblas alzó los brazos, en un gesto que me pareció entre jodedor y resignado. Traté de escurrirme, pero se me pegó como un chicle a la suela de un zapato. Hablaba y hablaba. Yo no sabía qué hacer. Quería acabar de echar las cosas en el maletero, pero no me dejaba. Al fin, me acorraló a la puerta misma del carro. Se me metió en el camino y encendió un mochito de tabaco que hacía rato tenía en la boca. Lo miré de arriba abajo.

-Quería decirte que estamos muy cerca de identificar al muerto –dijo entonces, soltando una bocanada de humo apestoso.

-Me alegro –repuse- Así lo pueden enterrar..

-Es cuestión de horas –dijo- El forense pasó las huellas digitales al laboratorio.

-Permiso –le dije, tratando de esquivarlo, pero Nieblas no me dejó pasar.

-Por cierto —dijo- El médico quiere tus huellas también, por si acaso.

-¿Por si acaso? —pregunté.

-Para comparar —respondió- Uno nunca sabe.

Lo pensé un poco y después le dije: Forguere. El ni se inmutó. Botó el mochito de tabaco y se despidió, dándome las gracias. Lo vi alejarse, envuelto en su impermeable. No sé cómo aguantaba con aquel calor. Seguro vino del norte; hay mucha gente que se muda de allá y no pierde la costumbre. Son así. En eso, empezó a salpicar otra vez; goticas primero, y después, más fuerte. Me metí en el carro y enfilé para La Sagüesera.

Flague estaba muy bisi a esa hora. Montones de carros y camiones cargando tablas y botellones de agua. Gente apurada. Carros atascados en los charcos. Tuve que desviarme, meterme por un montón de calles, pero al fin llegué al apartamento sano y salvo. Había parado de llover, no sé cuándo. Ildelisa no había vuelto todavía. Entonces, se fue la luz. Qué mierda. Ahorita se iba el cable también y toda esa morralla iba a empezar a llamarme: Manny, ¿qué pasó? Manny, no puedo ver la novela. Manny esto, Manny lo otro. La de nunca acabar. Siempre me tocaba resolverlo todo. ¿Y cuándo hago tiempo para mí?

Tiré los víveres en el sofá y fui a prender un cigarro. La fosforera se trabó, no encendía; a veces pasa cuando me entran ganas de fumar. Corrí a la cocina a buscar un fosforito, con el Marlboro en la boca, desesperado, pero en eso apareció Magaly, la vieja enferma de al lado. Padece de azúcar y tiene una hija paralítica. Siempre está pidiendo algo; dinero para pagar un bil, un poco de creolina o la hija que se cagó, hay que cargarla. A veces la ayudo a leer las cartas que le mandan del gobierno o el hospital. Son un montón. Nunca las entiende y yo tampoco. Son cortas pero complicadas. Se quedó parada en la puerta, con tremenda cara de lástima y una mano plantada en el pecho.

-Manny, por tu madre... —dijo.

Guardé el cigarro y fui a ver qué quería. Afuera, había empezado a soplar bastante fuerte ya. Me enseñó las tres cicloneras: estaban colocadas en fila en el pasillo del bílding. Magaly, por Dios, le dije. ¿Pero qué iba a hacer? Me puse a mirarlas; estaban viejas, descascaradas, con las tuercas oxidadas y recias. Iba a necesitar un alicate, un martillo por lo menos; no me acordaba si tenía uno en el baúl del carro.

-¿Usted ha visto a Ildelisa por casualidad? —le pregunté después, cargando con todo aquello para la salita del apartamento. No me supo decir.

-La vi un momentico —contestó- Pero después se fue; estaba apurada. Todo el mundo está apurado hoy, Manny. Tú no sabes...

Enseguida, vino la luz. El bombillo del fondo se encendió de pronto. Prendí el televisor y me puse a trastear con las cicloneras. Las tuercas estaban súper recias, cubiertas con mierda de ratón; casi me corto una mano zafándolas. Si Ildelisa llegaba, me iba a dar tremendo jartain. Nosotros no teníamos cicloneras; yo mismo las había botado el año pasado, para no tener que armarlas.

El ciclón andaba por las Bahamas y amenazaba la costa. Podía entrar a la mañana siguiente, pero igual desviarse hacia el norte sin causar daño. Parecía que había una baja presión o algo así. Una especie de barrera. Pero el locutor del 23 estaba vestido de campaña, con un chaleco lleno de bolsillos y una botellita de agua mineral en una mano, explicándolo todo. Apuntaba a un mapa lleno de remolinos y flechitas. Alertaba, advertía, amenazaba, daba una lista de refugios seguros. Me acordé entonces del cadáver, no sé por qué.

He visto pocos muertos en mi vida, pero aquel se me antojaba especial. No porque se me pareciera tanto, sino porque no se me quitaba de la cabeza. Me quedé pensando, mirándolo de memoria, mirándome. Muerto y vivo. Vivo y muerto. ¿Quién había cerrado sus ojos en medio del mar? ¿Quién me había robado el último aliento? ¿En qué bote nos montamos los dos, para encontrarnos en esa morgue? Coño, de sólo pensarlo me entraban mareos.

En eso, sonó el teléfono. Pensé que podía ser Ildelisa y pegué un brinco; no lo pude evitar. Estaba yompi. Traté de saltar sobre el sofá, pero tropecé; casi me parto la crisma. Al fin, alcancé el teléfono; estaba en el mostrador de la cocinita, escondido entre un montón de sobres y papeles viejos. Cuando descolgué, me sorprendió oír la voz de Nieblas. Quería que fuera a verlo enseguida; le dije que no podía.

-Hay un ciclón. ¿No puede esperar?

Me dijo que no; era muy importante, demasiado.

-Tengo el carro roto -mentí.

-Tranquilo, te mando a buscar rayagüey —dijo Nieblas. Colgó; no me dio tiempo a contestar.

El patrullero llegó al minuto, armando tremendo ruido, y con el farolito rojiazul dando vueltas. Casi se mete en la salita. El chofer era más alto que un escaparate; parecía un boxeador en vez de policía. *Let's go, buddy,* me dijo. Magaly se creyó que me llevaban preso; yo también.

-Manny, ¿qué pasa? ¿Qué pasa? —preguntó, alarmada. Parecía al borde de las lágrimas.

-Quieta, Magaly. Dígale a Ildelisa que vengo ahorita —contesté, metiéndome en el asiento de atrás del patrullero. No tenía las esposas puestas, pero la vieja no se quedó conforme.

-¿Quién va a ponerme las cicloneras? —gritó de lejos, haciendo visajes.

Pero mentira, no la oí; tampoco la vi. No pude, no me dio tiempo. El carro arrancó y partió como un trueno. Llegamos a la estación en un santiamén; estaba muy cerca, demasiado. Nieblas me puso las cartas sobre la mesa de su oficinita enseguida: un par de tarjetas con las huellas digitales y una latica de Coca-Cola. La abrió y se espantó un buche. A ver si nos entendemos, me dijo después, aflojándose el nudo de la corbata. En un cenicero, vi que había un mochito de tabaco apagado.

-Estas son las huellas de la víctima —explicó, tocando una de las tarjetas con la punta de un dedo- Y éstas —añadió- son las tuyas. ¿Las ves?

-Claro que sí —contesté- Pero no son mías. Yo nunca le he dado mis huellas.

-Ni falta que hace —repuso él- Tenemos huellas tuyas en muchos archivos. Las huellas de todos ustedes. ¿O no te acuerdas?

Sí, me acordaba. Me habían tomado las huellas un montón de veces; no sé ni cuántas. Igual que a todos los que llegaban entonces. Ahora comprendía para qué: para ensalchicharme años después y cobrarme todas las que les debía, todos los regalitos y bondades y reverencias.

-Mejor llamo a un abogado —dije.

-Ni falta que hace tampoco —insistió él- No estás acusado de nada. Pero no me negarás que es bastante extraño que tus huellas (hizo un corto paréntesis de silencio) y las del occiso sean idénticas. ¿Tú puedes explicar eso?

-Claro que no.

-¡Es un hallazgo científico de mayores proporciones, Manny! ¡Unico en el mundo, brode! —exclamó el teniente con teatralidad- Dos personas con las mismas huellas vegetales, digo, digitales. ¿Tú sabes lo que eso? Salvo que tú hayas tenido la osadía de desafiar el mar para venir dos veces, no le encuentro explicación ninguna. Es inaudito.

Fui a decir algo, pero no me dejó. Se levantó de pronto, se echó encima el saco y el impermeable; cogió el mochito de tabaco del cenicero, lo prendió, echó unas bocanadas de humo y enfiló para la puerta.

—Te voy a dar un consejito, campeón —dijo antes de salir— Me voy a ir lonchar un rato mientras tú reflexionas, y cuando vuelva, quiero una confesión com-ple-ta. Cómo se pusieron de acuerdo tú y él, quién vino primero, quién vino después. *Capisce?*

No era la primera vez que me pedían esto. Reflexiona, Manny. Medita, que te conviene. Coopera y ya verás. La policía siempre te pide que pienses, que los ayudes; ya se sabe por qué: para que te calientes la cabeza y confieses después cualquier barbaridad. Robo, asesinato, desfalco, desacato, corrupción de menores, drogas, genocidio. El copón divino. Total: ¿A ellos qué más les da? Son unos singaos. Lo único que quieren es meterte preso bajo cualquier pretexto. Ese es su trabajo, como el mío es eludir sus trampas y artificios. Así que no pensé ni medité ni reflexioné. Me eché para atrás en la silla, bien cómodo, y me quedé mirando por la ventana, con la mente completamente en blanco, como un kungfú.

Afuera, llovía con ganas. Las ráfagas de viento azotaban los cristales, salpicándolos de agua, hojitas secas y cucarachas. Parece que esta vez el ciclón venía de verdad: a ver qué se hacían ahora todos esos jodedores del 23, con todas sus patrañas. ¿Se meterían en un refugio?

Miré el reloj de la pared: había pasado como una hora. Una hora o más, porque no había llevado la cuenta; ni falta que me hacía. Tengo un reloj mental que no se equivoca y me decía que había pasado mucho pero mucho rato. ¿Dónde andaría Nieblas? Me paré y abrí la puerta, que daba a un pasillo vacío, excepto por un aparato viejísimo de Coca-Cola y una fila de asientos destartalados, gastados por incontables fondillos. Miré para un lado y para otro. De lejos, alguien se desgañitaba gritando "omaygá, omaygá", como si le estuvieran arrancando el pellejo. No sé dónde estaría metido; seguramente en algún calabozo del fondo. Siempre hay un calabozo en estos lugares, un cuarto de los trucos donde te sacan las uñas o te pasan por la maquinita si no reflexionas, si no meditas, si no cooperas...

Una puta solitaria que estaba esposada a una de las sillas —una morena maciza, desdeñosa- pareció mirarme de reojo, pero no. Ni cuenta se dio de mí, más atenta a sus uñas que a mis pasos. Tenía tremendos muslazos y una bemba que decía más de cuatro cosas; estaba buenísima, pero tampoco le puse atención. Caminé despacito por el pasillo hasta el oficial de guardia. Nieblas ni asomaba por allí. Sólo había un par de policías batallando con una máquina de escribir en una esquinita, y otro esbirro más allá, hablando por teléfono, con las patas encaramadas en su buró. Una tarde tranquila. El ciclón ahuyentaba a la delincuencia, a todas las alimañas. Así que me escabullí tranquilamente hacia la salida, sin que nadie lo notara.

Creí que alguien iba a llamarme justo cuando empujara la puerta, pero salí y todos siguieron en lo suyo, ajenos a mis maniobras. Era como si fuera un fantasma, o mejor todavía, el hombre invisible de las películas. ¿Quién lo iba decir?

Afuera, corrí y no paré hasta doblar la esquina. La lluvia me castigaba; lo barría todo, como si hubiera querido lavar la ciudad de tanta crápula y basura. Vi una palma jorobarse poco a poco hasta caer, cruzada en la calle, como una barrera. Después del puente, los semáforos se balanceaban, ciegos, a cada tramo de calle y cielo negro. Una maraña de alambres echaba chispas en una esquina; tuve que brincarla para llegar a la Doce. Creí que me iba a electrocutar. Pero no podía parar, no podía dejar que el huracán me venciera. Tenía que volver a casa, limpiarme, quitarme tanta mierda de encima, localizar a Ildelisa, colocar las cabronas cicloneras...

Cuando llegué a la Doce con Flague, me faltaba el aire; no aguantaba más. Tropecé, casi me reviento, pero pude pararme, levantar los brazos y gritarle al viento: ¡Llévame, coño! ¡Mátame, que aquí hay un hombre! Nadie me oyó y tuve que seguir corriendo.

El carro de Ildelisa estaba parqueado en el draibuey, pero no la vi cuando entré. Estaba al fondo, metida en la cocinita, con el teléfono clavado entre el hombro y una oreja, lavando algo en el fregadero, preguntándole a alguien por mí. ¿Tú has visto a Manny? ¿Tú sabes dónde está? ¿Por qué me hace esto? ¿Cómo se desaparece así, en medio de un ciclón? Le pegué un grito: ¡Mami, llegué! ¡Ildelisa, *baby!* Pero no me oyó seguramente, porque siguió dando palique mientras yo me arrancaba la ropa de encima, como si fuera una cáscara: puros trapos malolientes, ensopados de agua, de algas, de sal, de piedrecitas...

En eso, oigo a la vieja Magaly otra vez. Entró con la mano en el pecho y la misma cara de lástima. Siempre empieza así cuando quiere pedir un favor: Ildelisa, por tu madre... Las cicloneras no están puestas, Manny anda perdido, nadie quiere ayudar, estoy sola en el mundo. ¿Sería posible que no me viera tampoco? Le hice señas, pero nada. Siguió hablando, suplicando. Y las dos se me escabullen después, pasan por al lado mío sin ponerme atención, como si no existiera, como si me hubiera esfumado ante sus ojos o no existiera. Les digo: Hey, estoy aquí. Pero no hacen caso, siguen su camino...

Me acordé entonces de uno de esos cuentos chinos que alguien me hizo una vez. La vida no es más que el sueño de otro que uno no conoce. Se acaba cuando te despiertas y entonces desapareces como por arte de magia. Yo siempre soñé con escaparme, con venir aquí, pero... ¿habría llegado de veras? Tanto esperar, tanto planear, arriesgarme, para nada. ¿No podría haberse hundido el bote por el camino?

En eso, me veo de repente en el espejo de la salita. Casi un esqueleto, con los dientes carcomidos y los ojos fijos en el vacío. Algo me empezó a faltar entonces; puede que las manos. Desaparecieron poco a poco, como si el aire se las comiera. El pelo se me fue después, me pareció, como cortado por una tijera invisible. Me friqueé.

Lentamente, me iba desvaneciendo: las cejas, los ojos, la nariz... Omaygá. ¿Qué iba a ser de mí? ¿Qué soy? ¿El sueño de un alma que pena en cuerpo ajeno sus culpas en el infierno o la pesadilla de alguien que cuenta tranquilamente sus días en el paraíso? Quise gritar, pedir auxilio, pero no pude. Nadie me iba a oír. La luna del espejo se quedó de pronto vacía, y yo con ella.

Nueva York-Tampa
2005-2008

Made in the USA
Lexington, KY
31 May 2010